图书在版编目（CIP）数据

"三言""二拍"的世界 / 陈永正著 . -- 天津：
天津人民出版社 , 2020.5

ISBN 978-7-201-15885-3

Ⅰ . ①三… Ⅱ . ①陈… Ⅲ . ①话本小说 – 小说研究 –
中国 – 明代 Ⅳ . ① I207.419

中国版本图书馆 CIP 数据核字 (2020) 第 051793 号

"三言""二拍"的世界
SANYAN ERPAI DE SHIJIE

出 版	天津人民出版社	
出 版 人	刘 庆	
地 址	天津市和平区西康路 35 号康岳大厦	
邮政编码	300051	
邮购电话	（022）23332469	
网 址	http://www.tjrmcbs.com	
电子信箱	reader@tjrmcbs.com	
责任编辑	李 荣	
装帧设计	今亮后声 HOPESOUND	
印 刷	山东临沂新华印刷物流集团有限责任公司	
经 销	新华书店	
开 本	880 毫米 × 1230 毫米 1/32	
印 张	8.25	
字 数	264 千字	
版次印次	2020 年 5 月第 1 版 2020 年 5 月第 1 次印刷	
定 价	49.80 元	

序

少年时喜读说部小说，家中有本"抱瓮老人"编选《今古奇观》，视为床头秘本，读过不下三五次，其中如《羊角哀舍命全交》《俞伯牙摔琴谢知音》《李谪仙醉草吓蛮书》等，更令自己心灵撼动。后来才知道这本奇书是从"三言""二拍"中选出来的。"三言"，即《喻世明言》《醒世恒言》《警世通言》，作者为明代冯梦龙。"二拍"，即《初刻拍案惊奇》《二刻拍案惊奇》，作者为明代凌濛初。五本书都是通过对旧本的收录和修改，再加上作者自创的故事，成为我国古代短篇小说集的代表作，在中国古代文学史上具有重要地位。

冯梦龙，字犹龙。明代长洲（今江苏苏州）人。他科场失意后，即致力于收集、编订、创作通俗小说。晚明的社会实在太污浊了，政治实在太黑暗了，举世昏昏，众人梦梦，为了"触里耳而振恒心"（《醒世恒言序》），使"怯者勇，淫者贞，薄者敦，顽钝者汗下"（《古今小说序》），在明熹宗天启年间，冯梦龙完成了不朽的短篇小说集"三言"的编纂工作。"三言"的目的在于"三世"——喻世、警世、醒世，作者企图以小说去教化他人。

冯梦龙认为，小说的教育意义，要比儒家经典的《孝经》《论语》更为重大。所以，他对世道人心，则劝喻之，警诫之，唤醒之，而且用最明白、通晓、常用的语言使民众易于接受。冯梦龙自己解释说："明者，取其可以道愚也。通者，取其可以适俗也。恒，则习之而不厌，传之而可久。三刻殊名，其义一耳。"(《醒世恒言序》)这说是"三言"名称的来由。笑花主人在《今古奇观序》中说"喻世、警世、醒世三言，极摹人情世态之歧，备写悲欢离合之致，可谓钦异拔新，恫心骇目"，当非虚誉。

冯梦龙的"三言"，是中国文学史上里程碑式的著作，它标志着中国短篇白话小说的民族风格和特点已经形成。"三言"中所收录的作品，有一部分是宋元旧篇，一部分是明代新作，也有小部分是冯梦龙的拟作。可以说，"三言"中一百二十篇作品是宋、元、明代民间说话艺人和文人加工整理的集体成果。它把当时流行的优秀话本基本上都收进去了，并经冯梦龙本人进行了整理润饰，使它具有更丰富的内容和文学色彩。"三言"是话本的集大成之作，是我国古代短篇小说的宝库。

继"三言"之后，明末社会上又流行着通称为"二拍"的两种拟话本集。编纂者为"即空观主人"，王国维《宋元戏曲考》中考定其为明末浙江乌程人凌濛初。由于冯梦龙的"三言"已经把宋元旧种搜罗殆尽，凌濛初不得不自起炉灶，"惨淡经营，加工组织""取古往今来杂碎事，可新听睹，佐谈谐者"，重新加工或改作，其中有一些还是凌氏的新制。《初刻拍案惊奇》四十卷，《二刻拍案惊奇》四十卷（实为三十八卷）。总的来说，"二拍"比起"三言"来，在艺术上略逊一筹，但"二拍"中不少故事情节曲折生动，也颇有吸引力。特别书中不少作品都对"人欲"充分的肯定，在批判"存天理，去人欲"方面比"三言"似更为鲜明有力。

"三言""二拍"的题材广泛，想象丰富，有着深刻的社会现实意义，读来饶有兴味。其中有大量的描写市井之民生活的作品，作者热情歌颂白手兴家的商人，给当时社会树起了一个全新的价值尺度。只要有决心、有能力、努力奋斗，就可以改变自己的地位。如《醒世恒言》卷二十《张廷秀逃生救父》中王员外说："贫富哪个是骨里带来的？"有关商人发迹的故事，如《初刻拍案惊奇》卷八《乌将军一饭必酬，陈大郎三人重会》中，写一位以"商贾营生"的孀妇杨氏，教育侄儿王生，使他"商贾事体，是件伶俐"，王生长成，杨氏便命他出外经商，说："我身边有的家资，并你父亲剩下的，尽勾营运。待遇我凑成千来两，你到江湖上做些买卖，也是正经"。王生也欣然说："这个正是我们本等"。后来王生行商被劫，杨氏又劝慰他："且安心在家两日，再凑些本钱出去，务要趁出前番的来便是"。王生再次遭劫，杨氏又说："不可因此两番，堕了家传行业"。果然，自此以后，出去营运，遭遭顺利，不上数年，遂成大富之家。还有令人感奋的《醒世恒言》卷三十五《徐老仆义愤成家》的真实故事。徐氏兄弟分家，大房二房占去全部家产，而把老仆人阿寄推给三房的寡妇。阿寄忠于被欺侮的寡妇孤儿，发愤出外经商，重新建家立业，向世人展示了"富贵本无根，尽从勤里得"的道理。撇开主仆关系来说，从阿寄身上也可看到扶弱自强的人性美。

"三言""二拍"中也有不少爱情故事，歌颂那些生死不渝、始终相爱的情人们，或是谴责那些始乱终弃的负心汉子，或是同情那些痴心苦恋的女郎，如《警世通言》卷三十二《杜十娘怒沉百宝箱》，是其中最出色的一篇。杜十娘，一位被侮辱与被损害的女性，她以为找到了一位可依托终身的人——贵公子李甲。她巧妙地为自己赎了身，离开妓院，与李甲一起回到他的家乡。可是，李甲在恐惧和利诱之下，终于无情地把她抛弃，转卖给轻薄头儿孙富。杜十娘面对着负义的情人，傲然挺立，用自己的生命作了最后的搏斗。她把一件件价值万金的宝物掷入江中，痛骂李甲和孙富之后，愤然投江自尽，用一死表示了自己最后的抗争。小说中的杜十娘表现了壮烈的悲剧美，具有震撼人心的感情力量。而《喻世明言》卷一《蒋兴哥重会珍珠衫》，却是一篇动人的"非典型"小说。蒋兴哥休妻后再复婚，三巧儿先后同三个男子有关系，最后与原来的丈夫复合。这些都跟传统道德观念"烈女不嫁二夫"相矛盾。作者对一位发生婚外情的女子采取同情和谅解的态度，表明了小市民阶层全新的道德观念。这不能不说是对传统的伦理道德的怀疑和冲击。这样的"覆水重收"的故事，直到明朝末年才在中国文学史上首次出现，其深刻的社会意义，值得研究者们重视。

　　冯梦龙是位热诚的女性讴歌者，在他的笔下，有不少"出色"的奇女子，"可钦可爱""赛过男子"，《醒世恒言》卷十一《苏小妹三难新郎》中，开门见山地揭出："女儿那见逊公卿"。如苏小妹，使大才子秦少游都"为其所困"，连她的哥哥苏东坡都说："吾妹敏悟，吾所不及！若为男子，官位必远胜于我矣"，这里歌颂的是一位文学才女。《喻世明言》卷二十八《李秀卿义结黄贞女》中赞美的是一位市井奇女。黄善聪女扮男装，出外谋生，勤苦营运，手中颇有积蓄，遂为京城中富室。《警世通言》卷三十一《赵春儿重旺曹家庄》谓"有志妇女，胜如男子。"小说写曹家庄的小官人曹可成，不事生产，终日在烟花队里胡混。他与妓女春儿相好，把万贯家财都弄光了。春儿不嫌贫贱，嫁给可成，忍苦成夫，终于重旺曹家庄。这里歌颂的是一位坚忍的底层女子。《喻世明言》卷四十《沈小霞相会出师表》，写明世宗嘉靖年间锦衣卫沈炼遭严嵩父子迫害之事，表彰忠良之士，批判权奸小人。小说真正的主人公是闻淑女。沈炼之子沈小霞一家人被押送京城，奸党准备在途中暗害他，闻淑女随夫上路，智斗解差，终于使沈小霞逃脱了性命。冯氏在《明史·沈炼传》有关资料基础上作了大量的艺术加工，使之成为一个深刻动人的故事。冯梦龙并没有把人物强分等级，无论是官宦小姐或是小家碧玉甚至是风尘女子，他都一视同仁，尊重她们的人格，热情歌颂她们的奋斗精神。

《"三言""二拍"的世界》是一本随笔结集，本书在评述"三言""二拍"时，既有文学史性质的综述，又有具体作品的分析；既有点评，又有考证。古今中外，旁征博引，亦庄亦谐，亦浅亦深，不拘一格。力求使读者在轻松的阅读过程中增加兴趣，获得知识，收到效果。本书在20世纪90年代初纳入中山大学古文献研究所研究项目，由香港中华书局出版，为刘逸生先生主编的《小说轩》丛书的一种，曾在读书界产生过一定的影响，人文科学和心理学界人士也曾留意，视为立意严肃的史料研究述评。领读文化有鉴于此，出版简化字版本，再版发行。从初版至今，历时近三十年，也算是经过"时间检验"了。

目录

多才多艺的冯梦龙

早岁才华众所惊，

名场若个不称兄？

一时名士推盟主，

千古风流引后生。

桃李兼栽花露湿，

宓琴流响讼堂清。

归来结束墙东隐，

翰鲙机莼手自烹。

——文并简《冯犹龙》诗

冯梦龙，字犹龙。长洲（今江苏苏州）人。他是典型的江南才子，年少即有才情，不治产业，旷达不羁。他虽然在科场上是个失败者，在文艺创作上却取得了巨大的成功。古来多少状元、榜眼的名字都被人遗忘了，而冯梦龙，一个小小的贡生，却名留青史。

冯梦龙选择了一条独特的道路。他唾弃正统的官样文章，而致力于"天地间自然之文"，把收集、编订、创作通俗文学作为自己毕生的事业，这不能不说是有远见卓识的。在明熹宗天启年间，他发奋编书，完成了《喻世明言》（旧题《古今小说》）《警世通书》《醒世恒言》的编纂工作。并评纂《古今谭概》《太平广记钞》《智囊》《情史》《太霞新奏》等大型书籍。大力提倡出自田夫牧竖之口的真文学，反对缙绅之士乐道的假文学，他还编印了两部民间歌曲集《挂枝儿》和《山歌》。收录了江、浙一带流传的民歌八百余首，其中不少是抒发男女之真情，表达个性解放要求的佳作，其对于当时的影响是绝为伟大的。这些山歌刊行之后，风靡一时，"举世传诵，沁人心脾""真可骇叹"（沈德符《野获编·时向小令》）。

冯梦龙还是位长篇小说作家，他写有《平妖传》和《新列国志》两种颇有特色的作品。《平妖传》是在罗贯中《平妖传》基础上增补而成，回目增加一倍，《新列国志》是据余邵鱼《列国志传》重加辑演的，颇见淹博。

冯氏另一件重要的工作是重订戏曲。编有《墨憨斋新曲十种》。当时明代传奇，风格愈趋愈下，"人翻窠臼，家画葫芦，传奇不奇，散套成套"（《曲律序》），冯氏精于昔律，提出"词学三法"，强调

"调""韵""词"三者统一，调严韵协，辞藻明白，恰到"本色"好处。被冯氏更定的作品有数十种之多，至今可考者犹有十七种。其中有不少名作，如汤显祖《牡丹亭》《邯郸梦》，李玉《一捧雪》《人兽关》《永团圆》《占花魁》等，均经他亲手考定。他自己还写有《双雄记》《万事足》剧本，均严守曲律，宜于演出。

我们知道，即使是一位天才，也不是万能的。冯梦龙是个通俗文学家、戏曲家，他也像其他文人那样，写写诗，有本《七乐斋稿》诗集。可是，他的诗集失传了，从近人辑集的二十多首冯诗来看，这些诗作只有文献价值而无文学价值，请看：

> 同衾同穴两情甘，
>
> 耽酒如何只损男？
>
> 却笑世人不怕死，
>
> 青楼还想药张三。

真是成何诗语！小说家和诗人很难共栖一身，笔者还是要说：伟大的文章家，有时也可能是个蹩脚的诗人。

喻世、警世、醒世及其他

冯梦龙把他编写的话本集于名曰《喻世明言》《警世通言》《醒世恒言》，号称"三言"，而其目的却在于"三世"——喻世、警世、醒世。

晚明的社会实在太污浊了，政治实在太黑暗了，举世昏昏，众人梦梦，为了"触里耳而振恒心"（《醒世恒言序》），使"怯者勇，淫者贞，薄者敦，顽钝者汗下"（《古今小说序》），冯梦龙才有志于通俗文学的普及和传播，编写辑订了不朽的短篇小说集"三言"。

古代的中国人，对社会、人生的态度是复杂多样的，大抵可分成消极和积极两大类。

一、逃避。出世思想，早在佛教传入之前已颇为流行。当以春秋战国时期的老庄为代表。庄子说，在水泽边，钓钓鱼，悠闲地过日子，这是"江海之士，避世之人，闲暇者之所好也"。连孔子这样热衷功名的人，也说："贤者避世"。人们避世，大抵为了全身。清初大禅师玉林琇诗云：

"面壁有寒骨，避人无峻辞。避人须避世，悔悟十年迟。"令人感哽。人们失意困穷，离俗独处，故曰"逃世""遁世""离世"，甚至说"厌世""弃世"，是为了在孤独中求得安全感。

二、清高。这跟避世有一些区别。傲世的人是生活在社会当中的，但又不愿与俗子和光同尘。《六朝事迹》载，谢安和王羲之登半山报宁寺，"超然有高世之志"。这是贵族阶层的思想，他们藐视世人，自以为是，总觉得自己比所有的人都高一筹。还有著名的司马相如，他无视封建礼法，与卓文君私逃，当垆卖酒，《晋书·王徽之传》载，徽之夜读《高士传》，他的弟弟献之称赞井丹高洁，徽之却说："未若长卿慢世"。长卿，是司马相如的号。慢世，也就是看不起此人，不把世俗的东西放在眼里。连李太白也想作出这样的清高状，说自己"慢世薄功业"。傲世者往往是为当朝者所不喜的。甚至被指责为沽名钓誉。《全唐诗话》载，司空图特赐归山，诏曰："既养高以傲世，类移山以钓名。"也揭出了某些自命清高者的心理。

三、游戏。人们认为人生是短促的，世界是荒谬而毫无意义的。他们自称是旷达之士，玩世不恭。《汉书·东方朔传赞》："饱食安步，以仕易农；依隐玩世，诡时不逢。其滑稽之雄乎！"对玩世竟然大加赞赏。这种轻蔑世事、游戏人间的态度，可说是老庄"避世"的另一面。

甚至连豪杰之士陆游也不免说："老无功名未足叹，滑稽玩世亦非昔。"（《北窗》）可知这种"玩乐其身于一世"的处世态度也是常见的。

以上三类基本上是消极的。无论逃避世事或是藐视世俗、游戏人间，都于国于家无用。但大多数人对世界、对人生都是采取积极的态度的，主要有以下几种：

一、忧愤。古代封建社会腐败黑暗，许多仁人志士为之痛心疾首。甚至连庄子这样的人，也爱发"愤世嫉邪之论"，何况其他积极用世的人了。《论衡》载，卫国有位"骖乘者"，越职而呼，恻怛发心，恐上之危。这就是所谓"悯世忧俗"的人。儒家老祖宗孔夫子，就是个忧世的有心人，苏东坡故有"仲尼忧世接舆狂"之论。屈原则更是愤世嫉俗的典型了。

二、救治。几乎所有政治家都认为自己在"济世救民"，连最荒淫腐朽的隋炀帝、陈后主之流都不肯承认干了对不起国家人民的坏事。在中国几千年漫长的封建社会中，的确出了不少救国救民的人物。据说唐太宗在四岁时，有书生见到他有着"龙凤之姿，天日之表"，认为长大后必能济世安民。他的父亲便为之取名"世民"。崔寔在他的政论中，自称有"济时拯世"之术，可与尧舜并驾齐驱。《唐书·刘蕡传》谓刘"明

《春秋》，能言古兴亡事，沉健于谋，浩然有救世之志"。

三、教化。这是古代的"教育救国论"。《周礼》认为，礼乐"合天地之化，百物之产"，可以用来"救世"。《史记·乐书》也说孔夫子"正乐以诱世"。诱，谓诱导，教育。《管子》认为，圣人用有关水的道理来"化世"，"水一则人心正，水清则民心易"。冯梦龙先生是属于这一类的教育家，他强调小说的教育意义，要比儒家经典的《孝经》《论语》更为重大。所以，他对世道人心，则劝喻之，警诫之，唤醒之，而且用最明白、通晓、常用的语言使民众易于接受。冯梦龙自己解释说："明者，取其可以道愚也。通者，取其可以适俗也。恒，则习之而不厌，传之而可久。三刻殊名，其义一耳。"(《醒世恒言序》)这就是"三言"名称的来由。笑花主人在《今古奇观序》中说："喻世、警世、醒世三言，极摹人情世态之歧，备写悲欢离合之致，可谓钦异拔新，恫心骇目。"当非虚誉。

冯梦龙与"三言"

苏州，繁华富庶的苏州，在它秀丽如画的湖光山色中，千百年来，诞育了多少才士美人，流传过多少风流佳话。明代末年著名的通俗文学家、戏曲家冯梦龙便生活在这锦绣江南的历史名城里。

关于冯梦龙的家世和生平，人们了解得很少，在《苏州府志》卷八十一"人物"中，有一段非常简略的记载：

> 冯梦龙，字犹龙。才情跌宕，诗文丽藻，尤明经学。崇祯时，以贡选寿宁知县。

此外，在其他载籍中，我们还可以找到一些有关他的零碎的记载。冯梦龙在他编的《寿宁待志》中自称是"直隶苏州府吴县籍长洲县人"。明神宗万历二年（1574年），冯梦龙出生在一个士大夫家庭中。父亲是位读书人，曾跟当时苏州大儒王仁孝有过交往。哥哥冯梦桂是位画家，弟弟冯梦熊是位诗人，兄弟三人齐名，称为"吴下三冯"。冯梦龙自少即博学多才，为朋辈所钦服。他为人旷达大度，不愿受封建礼教束缚。在嘉定侯氏西堂读书时，常与名士侯峒曾兄弟等卷帙过从。熊廷弼在南京督学时，很看重他的隽才宿学，并予以甄拔。可惜他跟古来许多有才华的读书人一样，"才命相妨"，自早年进学之后，屡试不中，落魄失意，唯以教馆为生。万历末，冯氏应麻城田氏的邀请，去讲授《春秋》，后并著了《麟经指月》《春秋衡库》等书阐发《春秋》的微言大义。天启元年（1621年），冯梦龙在外宦游，作过小官吏，次年便因放言高论得罪上司，罢归乡里。这时，正是明朝政治最黑暗的时期，阉党横行，东厂特务遍布天下。天启六年（1626年），宦官头子魏忠贤派缇骑到苏州逮捕东林党人周顺昌，激起市民公愤，群众拥入官衙，打死旗尉一人。在军队的镇压下平息了民变，市民首领颜佩韦等五人英勇就义。冯梦龙本人也在迫害之列。他目睹了这次规模颇大的民众自发的反阉党斗争，受到巨大的撼动，便发愤著书，在几年间完成了《喻世明言》（旧题《古今小说》）《警世通言》《醒世恒言》的编纂工作。崇祯三年（1630年），冯梦龙取得贡生资格，任丹徒县训导，七年（1634年），升福建寿宁知县。十一年（1638年）秩满离任，回乡继续写作。他一生写了大量的讲史、民歌、笔记小说、传奇、散曲、史籍、地方志及其他杂著，共五十余种。清兵南下，他辗转于浙闽之间，刊行《中与伟略》诸书，宣扬民族气节和抗清策略。隆武二年（1646年）春，忧愤而死。

冯梦龙的"三言"，是中国文学史上里程碑式的著作，它标志着中国短篇白话小说的民族风格和特点已经形成。"三言"中所收录的作品，有一部分是宋元旧篇，一部分是明代新作，也有小部分是冯梦龙的拟作。可以说，"三言"中一百二十篇作品是宋、元、明代民间说话艺人和文人加工整理的集体成果。它把当时流行的优秀话本基本上都收进去了，并经冯梦龙本人进行了整理润饰，使它具有更丰富的内容和文学色彩。"三言"是话本的集大成之作，是我国古代短篇小说的宝库。

《喻世明言》《警世通言》《醒世恒言》这"三言"的结集，是冯梦龙文学思想的具体体现。冯氏认为，出自田夫野竖之口的文学才是真文学，因为它发于人的中情，能表达出人的性情。说话人，也就是民间小说家，他们当场讲故事，"可喜可愕，可悲可涕，可歌可舞；再欲捉刀，再欲下拜，再欲决脰，再欲捐金；怯者勇，淫者贞，薄者敦，顽钝者汗下"，感人既捷且深（《古今小说序》）。冯氏认识到通俗文学重大的社会意义，就不遗余力地去提倡它。"三言"的刊行，推动了白话短篇小说的发展和繁荣，其影响至今犹未绝。

"三言"的内容复杂，题材广泛。最值得注意的是其中大量的描写市井之民生活的作品。想象丰富，色彩缤纷，既充满奇趣，又有社会现实意义。

总的来说，"三言"中的优秀作品，从内容到形式都达到很高的水平。"极摹人情世态之歧，备写悲欢离合之致，可谓钦异拔新，洞心骇目"（《今古奇观序》），在中国小说史上有着广泛而深刻的影响。

凌濛初与"二拍"

　　继"三言"之后，明末社会上又流行着通称为"二拍"（《初刻拍案惊奇》《二刻拍案惊奇》）的拟话本集。集中的序文是由"即空观主人"题的，这位"主人"也就是话本的编纂者。两百多年来，谁也不知道他的真名实姓，直到20世纪初，王国维先生《宋元戏曲考》中才考定为明末浙江乌程人凌濛初。叶德均作《凌濛初事迹系年》，考订凌氏生平甚详。

　　凌濛初，字玄房，号初成，亦名凌波，一字彼斤，别号即空观主人。明神宗万历八年（1580年）生。十二岁入学，十八岁补廪膳生。天启七年（1627年）四十八岁，旅居南京，编纂《拍案惊奇》，次年刊成。崇祯五年（1632年）又再刊行《二刻拍案惊奇》。七年（1634年），凌氏以优贡授上海县丞，十五年（1642年），擢徐州通判，并分署房村。十七年（1644年），农民武装起事，凌氏与之对抗，最后呕血而卒。

　　据《二刻拍案惊奇小引》称，作者在南京索居失意，"偶戏取古今所闻一二奇局可纪者，演而成说，聊舒胸中垒块"，小说写成后，朋友们索阅后，"必拍案曰：'奇哉所闻乎！'"遂名之曰"拍案惊奇"刻版刊行。由于冯梦龙的"三言"已经把宋元旧种搜罗殆尽，凌濛初不得不自起炉灶，"惨淡经营，加工组织"，"取古往今来杂碎事，可新听睹，佐谈谐者"，重新加工或改作，其中有一些还是凌氏的新制。"初刻""二刻"各四十卷，其中"二刻"第二十三卷"大姐魂游完夙愿，小姨病起读前缘"与"初刻"重复。章培恒先生"二刻"的"校点说明"称：此书当为"四十则"，但目前所见到的最完整的本子——日本内阁文库所藏明尚友堂本——却只有三十九卷，书末另附凌濛初的《宋公明闹元宵》杂剧一卷，是因此本已佚末卷，故以一杂剧凑数。现存的《二刻拍案惊奇》，实只有三十八卷。

总的来说，"二拍"比起"三言"来，在艺术上略逊一筹，但"二拍"中不少故事情节曲折生动，也颇有吸引力。特别书中不少作品都对"人欲"充分的肯定，在批判理学家"存天理，去人欲"方面比"三言"似更为鲜明有力。

"二拍"跟"三言"一样，都是明代末期的产物，淫秽污臭的时代风气不可避免地反映在小说中。尽管凌濛初在序言中指出："一二轻薄恶少，初学拈笔，便思污蔑世界，广撰诬造，非荒诞不足信，则亵秽不可闻。"可是，在他的作品中也充满着露骨的色情描写，致使某些出版社排印出版"二拍"时也不得不把猥亵过甚者删去，这些秽笔确实是本书的严重缺陷。

皇帝的喜怒与诗人的命运

皇帝，即所谓"天子"。自称曰"朕"，又曰"寡人"。尊之者呼为"圣上"，鄙之者骂为"独夫"。他的话被称作"圣旨"，一言既出，驷马难追。他高兴时"天颜大悦"，他恶发时"雷霆震怒"。善感而又不通世故的诗人遇到皇帝，其命运可谓"不测"矣。

《喻世明言》卷十二"众名姬春风吊柳七"，入话中写大诗人孟浩然，应张说（《北梦琐言》说是李白，《唐摭言》说是王维）之邀到中书省，忽然唐玄宗驾到，老孟慌忙躲进床下。玄宗见到，便命他将平生得意之作念来听听。老孟不识好歹，便念了首《岁暮归南山》诗，中有"不才明主弃"之语。玄宗听后，龙颜不悦，说："卿非不才之流，朕亦未为明主；然卿自不来见朕，朕未尝弃卿也"。因命放归南山，孟浩然一世的功名便从此断送了。柳永的命运似比孟浩然还差些，柳永，初名三变，字耆卿，人呼柳七。他善于填词，精通音律。每日家在青楼妓馆中，与众名姬厮混。他有《鹤冲天》词云："忍把浮名，换了浅斟低唱！"后来考试，被取中了。宋仁宗见到他的名字，便说："此人好去'浅斟低唱'，何要'浮名'？且填词去！"柳三变便落选了。从此更放旷不检，自称"奉旨填词"，终于潦倒而死。众名姬为他治丧建坟，每年清明都到他坟上挂纸钱拜扫，唤作"吊柳七"。柳七虽然生前失意，但还留得一段千秋佳话（柳永之事，亦见《避暑漫话》《渑水燕谈录》《能改斋漫录》《独醒杂志》《绿窗新话》《醉翁谈录》《岁时广记》《诗话总龟》《古今词话》等笔记小说中，又被演成戏文《柳耆卿诗酒玩江楼》《花花柳柳清明祭柳七记》等）。

比起孟浩然和柳永来，薛道衡和王胄的命运就更不幸了。隋炀帝杨广，可算是鼎鼎有名的风流皇帝，他除了干些出征辽东和巡幸江南等"大事"外，还颇喜写些文辞，居然以诗坛领袖自居，见到臣下有文才的，便心怀嫉妒，欲置之死地而后快。薛道衡和王胄的才名很大，更因"空梁落燕泥"和"庭草无人随意绿"两句诗而名重当时。隋炀帝终于借故把他们杀掉了。杀薛道衡时，还恨恨地说："更能作'空梁落燕泥'否？"杀王胄时，又得意地说："'庭草无人随意绿'，复能作此耶？"其实，隋炀帝也忒小气了，他的诗"寒鸦飞数点，流水绕孤村。斜阳欲落处，一望黯消魂"并不亚于薛、王之作，宋人秦少游竟把它移来改写成"斜阳外，寒鸦数点，流水绕孤村"的名句，这也是隋炀帝料不到的。

当然，因诗而发迹的也有人在。《喻世明言》卷十一"赵伯升茶肆遇仁宗"就记有这么一个故事。赵伯升因试卷中写错一字，被皇帝指出，落第了。后来在茶肆中遇见微服出行的宋仁宗，仁宗问起他落第的缘由，这位赵伯升好不乖巧，说："此乃学生考究不精，自取其咎，非圣天子之过也。"又写了些吹捧皇帝的歪诗，说什么"如立天梯上九重"之类。果然龙心大喜，便给了他"西川制置"的大官做。这位赵伯升的奇遇，自然是小说家编造出来的，不足为信。但因诗词而受到皇帝赏识的也屡见于载籍中：《北梦琐言》载，诗人卢沆在旅途中遇唐宣宗乘驴微行，卢见帝仪表不凡，对答时颇为有礼。宣宗向他索取诗卷，袖之而去。他日，令主司擢卢登第。《西园杂记》又载，宋太祖微服独行，登寺楼，值雨，倚槛赋诗："微微细雨洒斑竹，阵阵轻风吹落花。"吟数次，久未成篇，一士人在旁，续之曰："独倚阑干闲眺望，乾坤都属帝王家。"正拍到马屁上，太祖大喜，即命吏部官以要职。

最为人所熟知的当是俞国宝《风入松》词事了。《武林旧事》载，淳熙年间，宋高宗当了太上皇，在临安（今杭州）过着"俨如神仙"般豪华奢侈生活。他时常游幸西湖，一日舟经断桥，桥旁有小酒肆，中饰素屏，书《风入松》词于上。太上皇驻足称赏，问是何人所作，知为太学生俞国宝醉笔。词云："一春长贵买花钱。日日醉湖边。玉骢惯得西泠路，骄嘶过、沽酒楼前。红杏香中歌舞，绿杨影里秋千。东风十里丽人天。花压鬓云偏。画船载取春归去，余情在、湖水湖烟。明日再携残酒，来寻陌上花钿。"太上皇笑说："此词甚好。但末句未免儒酸。"并为改定为"明日重扶残醉"，即日命解褐为官。《喻世明言》卷三十九"汪信之一死救全家"，入话中引用这个故事。俞国宝的《风入松》词，就词论词，写得确实好，太上皇也有眼力，收处经他一改，大为生色。词中一派承平景象，恐怕在朝廷上下都已忘掉沦陷的中原了。《警世通言》卷六"俞仲举题诗遇上皇"，可能是受俞国宝事的启发，创造出一个俞良来。这个俞良，是成都秀才，入京考试，金榜无名，身无分文，受尽冷遇，准备自杀，于是在墙上写下一首《鹊桥仙》词："来时秋暮，到时秋暮，归去又还秋暮。丰乐楼上望西川，动不动八千里路。青山无数，白云无数，绿水又还无数。人生七十古来稀，算凭地光阴，能来得几度？"俞良怨气冲天，竟托梦于上皇。上皇便到西湖酒肆寻访这"应梦贤士"，封与高官云云。俞良此词，实是元朝人鲜于枢作，更与太上皇全无干系。

至于因诗而得祸的文字狱，其著者在宋则有苏东坡的"乌台诗案"，在清则有"清风不识字，何得乱翻书""夺朱非正色，异种也称王"诸诗案，因作诗而丢了头颅的大有人在。不必一一缕述了。

时来运去竟如何？

"时来风送滕王阁，运去雷轰荐福碑"，时来运去，捉弄了多少英雄！古来贤人志士，为之而发出深深的叹息：

时来天地皆同力，

运去英雄不自由！

——罗隐《筹笔驿》

时运，实在是难以捉摸的。太史公司马迁说："时者，难得而易失也。"（《史记·淮阴侯列传》）岭南人张九龄也说："便不可失，时不再来。"（《敕幽州节度张守珪书》）那位被风送滕王阁的王勃，感受就更加深刻了，他一再慨叹说："时运不齐，命运多舛！"（《秋日登洪府滕王阁饯别序》）"时不可以苟遇，道不可以虚行。"（《常州刺史平原郡开国公行状》）

《醒世恒言》卷四十"马当神风送滕王阁"，敷衍王勃滕王阁作序故事，为青年才人吐一口不平之气。冯梦龙选取这篇小说，也许是要用来浇自己胸中的块垒吧。王勃是初唐著名的诗人，与杨炯、卢照邻、骆宾王并称"四杰"，其事迹斑斑史册，不必在此缕述，我们只想从这故事中研究冯梦龙是怎样看待人生的。

首先，作者强调一个"命"字。王勃舟过马当，遇大风浪，船将倾覆。王勃端坐船上，毫无惧色，琅琅读书。说："我命在天，岂在龙神。"及风平浪静，王勃又说："生死在天，有何可避。"王勃作《滕王阁序》后，遇中源水君，问自己的寿算前程。水君答道："自有天曹注福，穷通寿夭，皆不足计矣。"后来在海船上遇学士宇文钧，忽然狂风怒吼，怪浪波翻。王勃仍面不改色，深信"死生有命，富贵在天"。

其次是一个"钱"字。中源水君虽是神仙，但他劝王勃去献赋，目的是"可获资财数千"，果然王勃在阎府君座上作了《滕王阁序》后，得阎公"赐五百缣及黄白酒器，共值千金"。王勃归时见到水君，拜谢时说："前得蒙上圣，助一帆之风，到于洪都，使勃得获厚利。"而这个神仙居然说："吾昔负长芦之神薄债未偿，子可与吾偿之。"令王勃"当买钱帛，与我焚之。"船到长芦，忽然寒风大作、雪浪翻空，原来是长芦水神索债来了，王勃便"买金钱十万下船"，焚化后船才能前进。

小说中的王勃，不像个风流文士，却似个出外经商的商人。经商要冒风险，冒风险时不免相信命运。行好运时希望好运长久，遭厄运时盼望快快转运。由于商人信"命"，所以便敢于肆意而为，人总是在内心深处认为自己是有条好命的。王勃在狂风恶浪中谈笑自若，他早已把自己的性命付诸老天爷了。据马当神中源水君的理论，王勃是命中该发的，他才用顺风助一程，使之得获厚利。神也是商业化了的，他做了好事之后要索取报酬，要知道，商人也是不会白做好事的，他们搞这类的"慈善事业"自有其目的。神与神之间也有债务往来，这也只见于明人小说。神再也不是高高在上，不食人间烟火的了。

对待倒运的人，神是毫不容情的，其冷酷程度与商场交易无异。《警世通言》卷十七"钝秀才一朝交泰"，写马德称青年时"交这运不好，官煞重重，为祸不少。不但破家，亦防伤命"。果然，他从二十二岁起，一直到三十岁时，真是"屋漏更遭连夜雨，船迟又遇打头风"，无一件事是办得顺利的。先是屡考不中，再是老父被气得病死，再后是被逼交纳赃银，把家产变卖精光。祸事接踵而来：未婚妻的胞兄吞没了寄存的产业，亲事亦不提起；衣食不周，卖树时树遭虫蛀，卖个小厮也得不着原价，远道投亲靠友时亲友或病或死。人人都说他是"降祸的太岁，耗气的丧神"，凡是跟他沾了边的都大倒其霉。三十二岁时，时来运转，一连串好事都到来了：功名富贵，封妻荫子。可见："万般皆是命，半点不由人。"《拍案惊奇》卷二十二"钱多处白丁横带，运退时刺史当艄"，写个倒霉的刺史上任时失去了文书，结果流落他乡，被迫当上艄公的故事，更是充满宿命色彩了。

最后说说王勃所咏的滕王阁。滕王阁与黄鹤楼、岳阳楼合称中国江南三大名楼，于唐代永徽四年（653年）李世民之弟李元婴都督洪州时所建。后李元婴被封为滕王，时人途以名此阁。滕王阁原雄峙于南昌城章江门与广润门间的赣江东岸，一千多年来，屡毁屡建，达二十八次之多。建阁后二十多年，洪州都督阎公进行了第一次重修，王勃《滕王阁序》即作于此时。韩愈在《新修滕王阁记》中说："愈少时则闻江南多临观之美，而滕王阁独为第一。"后人又名之"西江第一楼"。明世宗嘉靖年间重建此楼，阁高四丈二尺，构筑七间，周围七十四丈，是滕王阁最宏大之时。1926年，阁被军阀邓如琢焚毁。六十年来，滕王阁仅存遗址。1989年，第二十九次重建的滕王阁胜利落成。如今以新的姿态迎接着慕名而来的游客。

被抹上污泥的历史人物

　　历史人物脸上被抹黑的原因是多方面的，其中最主要的就是出于政治的需要。《警世通言》卷四"拗相公饮恨半山堂"，写北宋杰出的政治家、诗人王安石罢相后闲居金陵事，可说是集宋以来对王安石攻击污蔑之大成。文中说，王安石听信小人，斥逐忠良，民间怨声载道，以致天变叠兴。王安石被罢相归，途中听到店主人说他"伤财害民"，"恶人自有恶相"，又见到村馆驿站的墙壁上都写有骂他的诗文，说他"白眼无端偏固执，纷纷变乱拂人情"，弄得"祖宗制度"被更改，市井萧条，民穷财尽，"千年流毒臭声遗"。文中还通过一个老头子的口说："若见此奸贼，必手刃其头，剖其心肝而食之！"又有一个老妇人把猪称作"王安石""拗相公"，王安石终于被气得"呕血数升而死"。这些传说，多出自旧派人物所写的《河南邵氏闻见录》以及《曲洧旧闻》《枫窗小牍》《程史》《孙公谈圃》等书，明人赵弼《效颦集》中卷有《钟离叟妪传》，更对王安石极尽污蔑之能事。冯梦龙编纂《警世通言》时，搜集了这些材料，加以夸张歪曲，成此"拗相公饮恨半山堂"一文，在民间的影响就更大了。怪不得梁启超叹息说："可畏哉，小说！"小说之所以可畏，是因为"用之于恶，则可以毒万千载"，"毒遍社会""陷溺人群"。梁氏之言未免夸大小说的作用，但也不无道理。一些描游历史人物的小说，把英雄变成奸贼，把奴才变作忠臣；混淆黑白，颠倒是非，把"奴颜婢膝，寡廉鲜耻""权谋诡作，云翻雨覆""轻薄无行，沉溺声色"等各种各样不良思想行为迷惑广大民众。被小说家者流抹黑的历史人物除王安石外还大有人在。就拿《三国演义》说吧：老成稳重、爱民养士的刘表，却成了虚名无实的昏庸老朽；足智多谋、骁勇善战的魏延，却成了脑后有反骨的叛徒；鲁肃其实并不那样老实糊涂，他眼光远大，立场坚定，智略足以任事，特别在联刘抗曹上屡立功劳；周瑜也不那么小气忌才，他温文儒雅，谦抑忍让，连自恃年长而欺侮他的程普最后也不得不佩服地说："与周公谨（周瑜的字）交，若饮醇醪，不觉自醉。"至于曹操，在《三国演义》中只是一个要篡位夺权的奸雄，一个在鼻头上涂上白粉的丑角。曹操被人们，特别被下层民众们骂了好几百年，这跟他在《三国演义》中被扭曲了的形象是不无关系的。

为泄私愤与莫名其妙的改造

除了政治方面的原因外，泄私愤、图报复的也屡见不鲜。王十朋与钱玉莲的"荆钗记"故事,流传颇广。有说云:玉莲本娼家女,初时王十朋与她相好,约为婚姻,后王状元及第归,竟不复顾,玉莲愤而投江死。又有一说云,王十朋曾上疏弹劾史浩八人罪状,史氏恨之入骨,遂令门客作此传,改王十朋之女王玉莲为钱玉莲,以配十朋,为不根之谤。其实王十朋与其妻贾氏,世代姻亲之好,夫妇偕老,并无入赘权门、致妻投江之事。清人梁章巨《浪迹续谈》特为辩诬,说:"世所演《荆钗记》传奇,乃仇家故谬其词,以诬蠛王氏者。""撰传奇者谬悠其说,以诬大贤,实为可恨。"

陈世美,这个名字遗臭数百年,至今仍被市井妇孺唾骂。他贪图富贵,停妻再娶,杀妻灭子,丧尽天良,成了薄幸郎的典型。可是,这也是一宗冤假错案。陈世美,本清初均州人,顺治年间中进士。为官清正,不徇私情。两个同乡学友到门请托,被拒绝后,泄愤报复,编了《秦香莲》一剧,假托宋朝故事,直书陈世美之名,并让他死在包青天的虎头铡下。由此化生出的《女审》《三官堂》《闯宫》《赛琵琶》《明公断》《琵琶寿》《韩琪杀庙》等戏,在各剧种中广泛流传演出。这个仇可谓报得太过分,陈世美恐怕跳进太平洋也洗不清,他已不只是给抹上污泥而是被涂上黑漆了。

还有一些历史名人受诬,其被诬之故,始终未明。最有名的是蔡伯喈的故事。陆游曾写过一首七绝说："斜阳古柳赵家庄，负鼓盲翁正作场。身后是非谁管得，满村听唱蔡中郎。"可见宋朝时，蔡氏的故事已为人熟知。蔡氏抛弃糟糠之妻，入赘相府，成为负心人的典型。据徐渭《南词叙录》载，宋南戏《赵贞女蔡二郎》，写蔡伯喈"弃亲背妇，为暴雷震死"。于是，明、清以来，不少学者辛苦考证，"以为贤者辩诬"，力雪伯喈之耻。《留青日札》说，《琵琶记》作者高则诚，与王四友善，王四登第后，即弃其妻而入赘于太师不花家。则诚悔与为友，因作此记以讽。名"琵琶"者，取其两字，上有四"王"；又元人呼牛为"不花"，故谓之牛太师。据说明太祖少时很欣赏此记，后来当了皇帝，便把王四抓来杀了。许宗彦又说，《琵琶记》讽刺的是奸臣蔡京的儿子蔡卞，蔡卞弃妻而娶王安石的女儿。因王安石性猛如牛，故称"牛相"。其实，无论学者诸公如何力辩，《琵琶记》故事早已深入人心，蔡氏之诬是永远也不能"昭雪"的了。

王魁、潘仁美及其他

王魁负桂英的故事，也是万口流传的。据宋罗烨《醉翁谈录》载，妓女桂英资助书生王魁读书赴考，王魁得中状元，弃桂英另娶，桂英愤而自杀，死后鬼魂活捉王魁。在南戏中的王魁是个十足的薄幸男儿，而明王玉峰的《焚香记》却把桂英复活了，并与王魁团圆。其实，王魁也是无辜的。据载，王魁的本名王俊民，是宋仁宗嘉祐六年（1061年）的状元。他"性刚峭不可犯，有志力学，爱身如冰玉"，后来得病死，年仅二十七岁。死后，有人托名夏噩，作《王魁传》影射王俊民，以"市利于少年狭邪辈"。这个故事虽没收进"三言"中，仍保留在冯梦龙编的《情史》里。

潘仁美也是一位脸上久被抹黑的人物。杨家将故事，在南宋话本和元、明杂剧中已脍炙人口，到了明代中期，有人以章回小说的形式把它定型下来，写成《杨家府世代忠勇通俗演义》一书，潘仁美便被说书艺人选定作为反面人物了。他"挟仇肆虐"，"谗邪怀忿害英才"，使杨业父子含愤死于陈家谷中。后来寇准查出潘仁美"奸伪之事"，八贤王便设计斩掉仁美。潘仁美，即潘美，是北宋初年将领。曾助宋太祖灭南汉、南唐，助太宗灭北汉，屡建功勋。宋太宗雍熙三年（986年），宋军攻契丹，潘美为云应路行营部部署，杨业任副职。曾力战收复云、应、寰、朔四州。后来宋东路军在河北战败，潘美奉命撤退，掩护四州民众内迁。时宋太宗派王侁为监军，指挥失当，杨业在陈家谷口孤军作战，重伤后被俘，绝食三日而死。这次战败，作为主帅的潘美，是要负责任的，但潘美绝无通敌卖国、陷害杨业之事。潘美回朝后，受降级处分，后来又升官加至同平章事，更没有如小说中所说的被处死。所以《新义录》说：

"陷业者，蔚州刺史王緅，小说家以为潘美，殊失之诬。"类似这样失实过当的还有廖莹中之事。《喻世明言》卷二十二"木绵庵郑虎臣报冤"中写南宋末年权相贾似道，荒淫酒色，夺人妻女，胡作非为，都由廖莹中从旁挑唆，导之为恶。其实廖为贾的门客，有文名，写得很好的词，通书法，精赏鉴。贾死而廖自尽，事非其人，身名俱败，闻者惋伤。故《羼提斋丛话》云："既自居于下流，斯天下之恶皆归。古今蒙冤如莹中者，盖不乏人矣，可不慎乎！"还有明人王衡的《郁轮袍》杂剧，说诗人王维有弟王緅，性险诈，看不起王维。王维作《郁轮袍》，准备争当状元，緅探知消息，使豪家子王推，冒王维名而往。王緅，指王维弟王缙。史载，王氏兄弟极友爱，王维被安禄山授予伪官，后被肃宗作为逆臣逮捕。王缙请求解除自己的官职，以赎兄罪。故小说家言，不足为信也。

当然，由于小说情节需要，或是作者别有用意，对历史人物形象重行塑造，与其本来面目有所出入，那也是允许的。就以《三国演义》中的周瑜来说吧，"它写周瑜嫉才忌能，几回要杀孔明，便更显出孔明智珠在握，应变有方；它写周瑜急躁激动，大发肝火，便又显出孔明安详娴雅，指挥若定；它写周瑜气量狭小，更突出孔明雍容大度，顾全大局。"（史之余《漫话三国》）所有这些，都是作者的有意安排，其目的在于突出孔明的智慧形象。虽然这不符合历史真实，但不能拿来苛责作者。还有更妙的如睢景臣的《哨遍·高祖还乡》一曲，借一个乡民之口把至高无上的皇帝奚落了一番，汉高祖刘邦在当了皇帝后的第十二年冬天，趁平定英布之乱的机会，回到故乡沛县，与乡亲们一起喝酒，还唱起了"大风起兮云飞扬，威加海内兮归故乡，安得猛士兮守四方"一曲《大风歌》。这位不可一世的英雄，在家乡的父老们眼中也只不过是一个为赖债而改名换姓做汉高祖的刘三而已。戏曲家这样写，也许正是还原了历史的本来面目，而不是给历史人物脸上抹上污泥，这是另话。

转运汉如何转运

《拍案惊奇》开宗明义第一章便是"转运汉巧遇洞庭红，波斯胡指破鼍龙壳"，写的是个颇令人快意的故事。一个"二世祖"，名叫文若虚，不去营求生产，坐吃山空，将祖上遗下的千金家事都败光了。他又学人经商，又赔尽本钱，人呼之"倒运汉"。后来他搭别人船只去海外耍耍，买了百余斤洞庭红橘，到了"吉零国"，谁知那国人从未见过橘子，一个银钱买一个，文若虚转运了，得了千多银钱。后来又在海岛上拾到一个大龟壳，波斯商人见到，知是鼍龙壳，中藏宝珠，便用高价买了。文若虚便成了闽中富商，家道兴旺不绝。

由贫变富，反映了明代市民阶层发家致富的愿望。而致富手段之一就是经商。转运汉之所以能转运，不在于他的做生意的才能，也不在于他遇到的偶然机会，小说中热情赞美的是文若虚的海外冒险精神。"转运汉"小说原本于周元暐《泾林续记》，周氏书中所载情节略同，然首句即云："闽广奸商惯习通番"，把到外海贸易的称为"奸商"，而凌蒙初却把文若虚写成一个"存心忠厚"的人，"所以该有此富贵"。从文若虚的故事中，我们可以窥见明代对外贸易的一些情况。

还有另一个转运的人叫程宰。《二刻》卷三十七"叠居奇程客得助，三救厄海神显灵"中写徽州商人程宰发迹致富故事。程宰初时时运不济，折了资本。后来得到海神的眷顾，成了富豪。小说中写程宰与海神的好合，只为"有夙缘甚久"而已。海神虽然无所不能，咄嗟之间，异宝满室，但她恳切地告诫程宰：非分之物，岂可取为已有？你若要金银，你可自去经营，吾当指点路径。海神所"指点"的，不是做生意的具体手段，而是给程宰提供可靠的经济信息：初夏时黄柏、大黄价贱，卖不去，海神指点程宰大量收购。不久辽东发生疫疠，二药腾贵，程宰赚了一笔钱。海神又教他买下便宜的彩缎，不久宁王造反，朝廷发兵征讨，要制锦旗，程宰的彩缎又赚了三倍。秋间，海神叫程宰买下大量白布，不久明武宗驾崩，人人要戴着"国丧"，穿白衣服，程宰又赚了几千两银子。用时下流行的术语来说，海神为程宰准确地预测市场的需求，这是商品销售的最关键问题。

还有令人感奋的"徐老仆义愤成家"（见《醒世恒言》卷三十五），这可能是件真实的故事，田汝成曾作《阿寄传》《浙江通志》及李贽《焚书》俱引其文，《明史》卷二百九十七《孝义传》中亦载阿寄事。徐氏兄弟分家，大房二房占去牛马等物，而把老仆人阿寄推给三房的寡妇。

阿寄发愤说："老奴年纪虽老，精力未衰，路还走得，苦也受得。那经商通业，虽不曾做，也都明白。三娘急急收拾些本钱，待老奴出去做些生意，一年几转，其利岂小胜马牛数倍！"阿寄辛苦营运，终于为三娘挣得大家业起来。阿寄的发迹，不是偶然的命遇，而是在于他的能力。首先，他善于处理人际关系，他准备贩漆，本钱短小，耽搁不了日子，"心生一计，捉个空扯主人家到一村店中，买三杯请他"，"那主人家去正撞着是个贪杯的，喫了他的软口汤，不好回得，一口应承"，阿寄便先得发货。他又善于应变，漆到手后，有两个销售去处，一是杭州，一是苏州。阿寄想杭州太近，定卖不了好价钱，便走远道到苏州，正遇缺漆之时，不勾三日，卖个干净。趁空船回去时，又顺路捎些米到杭州出脱，刚遇杭州旱灾，米价腾贵，又赚了一笔。阿寄有着很强的信息反馈能力，"看临期着便，见景生情，只拣有利息的就做"，"货无大小，缺者便贵"，他销货之前，先"细细访问"，然后悄悄起行。阿寄这个"义仆"，忠于被欺侮的寡妇孤儿，为她们建家立业，撇开封建的主仆关系来说，阿寄身上也可看到扶弱自强的人性美。冯梦龙安排他"转运"，正是欣赏他这样的品质。

经商亦是善业

《二刻拍案惊奇》卷二十九"赠芝麻识破假形，撷草药巧谐真偶"一文，借汉阳马口的一个乡宦马少卿的口说出一句石破天惊的话："经商亦是善业，不是贱流！"这是对传统的重农经商观念的挑战。

中国向来以农立国。农民被束缚在狭小的土地上，终日劳碌，食不果腹，衣不蔽体，最大的希望是家中出一个"读书种子"，考取功名，封妻荫后。经商，一向被视为卑贱的职业。韩非曾指责商人积聚奢侈的财货，囤积居奇，是国家的蠹虫，君主必须把他们铲除掉。可是，到了明朝，情况不同了。商人手里有了钱，不再被人瞧不起。《二刻》卷三十七"叠居奇程客得助，三救厄海神显灵"中就写到一个徽州人程宰，他本来"世代儒门，少时多曾习读诗书"，可是，他抛弃了仕途，去干向来被认为是"庸俗"的经商勾当。士大夫们口里嚷着"清高"，不言"阿堵物"（指钱），似乎金钱是无比污秽的东西。可是，在明代人眼中，"专重那做商的，所以凡是商人归来，外而宗族朋友，内而妻妾家属，只看你所得归来的利息多少为重轻。得利多的，尽皆爱敬趋奉；得利少的，尽皆轻薄鄙笑。犹如读书求名的中与不中归来的光景一般。"程宰精通做生意的业务，虽然暂时时运不济，耗折了资本，但还能给人请去"专掌账目"，当二朝奉。作者特意写他受到女海神的恩宠，干了四五年，"展转弄了五七万两""寿至九九""他日必登仙路"。

《拍案惊奇》卷八"乌将军一饭必酬，陈大郎三人重会"中，写一位以"商贾营生"的孀妇杨氏，教育侄儿王生，使他"商贾事体，是件伶俐"，王生长成，杨氏便命他出外经商，说："我身边有的家资，并你父亲剩下的，尽勾营运。待遇我凑成千来两，你到江湖上做些买卖，也是正经。"王生也欣然说："这个正是我们本等。"后来王生行商被劫，杨氏又劝慰他："且安心在家两日，再凑些本钱出去，务要趁出前番的来便是。"王生再次遭劫，杨氏又说："不可因此两番，堕了家传行业。"果然，自此以后，出去营运，遭遭顺利，不上数年，遂成大富之家。

"三言""二拍"中不少故事，热情歌颂白手兴家的商人。只要有决心、有能力，努力奋斗，就可以改变自己的地位。"富贵本无根，尽从勤里得"，《醒世恒言》卷三十五"徐老仆义愤成家"，向世人展示了这个道理。商人们否定封建社会中固有的等级观念和道德标准，不靠吹牛拍马谋取功名，也不靠意外的时来运转，他们一心一意以合法的手段发财致富，建立市民阶层独特的以贫富论尊卑的社会秩序："以利为重。只看货单上有奇珍异宝值得上万者，就送在首席。余者看货轻重，挨次坐去，不论年纪，不论尊卑。"我们联想起《史记·陈涉世家》中的一段话："陈涉少时，尝与人佣耕，辍耕之垄上，怅恨久之，日：'苟富贵，无相忘！'庸者笑而应日：'若为佣耕，何富贵也！'陈涉太息日：'嗟乎！燕雀安知鸿鹄之志哉！'"《项羽本纪》中又有一段写项羽看到秦始皇出行时的情景，说："彼可取而代也！"陈涉和项羽的声言，只不过是表了下层民众对权位富贵的欲望而已，他们尽管有着想当皇帝的大志，但并不打算改变专制制度。试把陈涉的名言："王侯将相宁有种乎？"与《醒世恒言》卷二十"张廷秀逃生救父"中王员外的话："贫富哪个是骨里带来的？"相比较一下，便可知道"三言""二拍"中有关商人发迹的故事，给我们标出了一个全新的价值尺度。

酒色财气亦人情

明代后期，王阳明学派中出现了何心隐、李卓吾一流人物，他们为了反对道学，竟然发出"酒色财气不碍菩提路"的奇谈怪论，冲击封建道德的藩篱，自然难免遭到卫道者的攻击了。

酒色财气，指人嗜酒，好色，贪财，使气。历来被认为是人生的四大戒。《后汉书·杨秉传》载，杨秉尝从容言曰："我有三不惑：酒，色，财也。"宋、金时又在"酒色财"之后加"气"合为四者。元人《东南纪闻》记有韩翁谓韩大伦曰："须禁酒色财气。"金王喆《西江月·四害》又云："堪叹酒色财气，尘寰彼此长迷。"可见此四者惑人之深，以致被视为厉阶，非禁不可了。所以落落居士在《招隐居》中告诫说："俺想人生在世，唯有酒色财气，最是沾不得的。"

其实，孔孟之道并没有强调要禁酒色财气的。孔子好饮酒，认为酒可随意饮，只要"不及乱"就行了。为了钱，他连"执鞭之士"那样的职业都愿意干。对色，更采取宽容的态度，他亲自去见绝色的美女南子，还说："吾未见好德如好色者也。"至于"气"，孟子认为是"至大至刚"的，"志壹则动气"。及至宋代，道学大行其道，酒色财气遂成禁品。明代社会风气颓败，享乐主义流行，下自庶民，上至帝室，无不沉溺于酒色财气之中。明神宗万历皇帝做了四十八年"太平天子"，自然是荒其淫矣的了，万历十八年（1590年）时，官员雒于仁会上疏进谏，说："嗜酒则腐肠，恋色则伐性，贪财得丧志，尚气则戕生"，皇帝如今"四者之病，缠绕身心，岂药石可治"。并献《酒箴》《色箴》《财箴》《气箴》四箴以谏。万历见疏后，大怒，准备将雒于仁从重处罚，赖宰相申时行救免，雒于仁削职为民，可见皇帝也是能忍"气"的。今天我们读到"皇上诚嗜酒矣，何以正臣下之宴会？皇上诚恋色矣，何以正臣下之淫荡？皇上诚贪财矣，何以惩臣下之饕餮？皇上诚尚气矣，何以劝臣下之和衷"时，犹不胜惴惴其栗，倒是对万历皇帝有点佩服起来了。

《警世通言》卷十一《苏知县罗衫再合》，入话写李宏在严州秋江亭题"酒色财气"词，已而酒色财气变作四女子入梦的故事。先是李宏见亭上旧题《西江月》词："酒是烧身熖焰，色为割肉钢刀。财多招忌损人苗，气是无烟火药。四件将来合就，相当不欠分毫。劝君莫恋最为高，才是修身正道。"李宏认为，人生在世，酒色财气四者脱离不得，便另题一词云：

三杯能和万事，

一醉善解千愁。

阴阳和顺喜相求，

孤寡须知绝后。

财乃润家之宝，

气为造命之由。

助人情性反为仇，

持论何多差谬。

酒色财气之精，化成四个美女入梦，各自表功争能。李宏醒后，恐人观此词会恣意于酒色，沉迷于财气，又作一诗折中其事：

饮酒不醉最为高，

好色不乱乃英豪。

无义之财君莫取，

忍气饶人祸自消。

作者评论说，酒色财气四字中，尤以财色为最。"三言""二拍"众多故事中，往往也不离这两字。发家致富，男女好合，正是市民们的愿望。酒色财气，顺乎人情，何可厚非也！

孙楷第先生《日本东京所见中国小说书目》载有《警世奇观》一书，十八帙，长泽规矩也先生藏，残存八帙。目录第一帙为：《秋江梦李宏招四友妒相争惊醒南柯人》。即演李宏之事。把酒色财气称为"四友"，也是颇有意味的。明人小说中，屡屡提及此四者，有些打着"盖为世戒非为世劝"的幌子，戒一而劝百，如《金瓶梅词话》中，有所谓"四贪"词《鹧鸪天》四阕，分论戒酒色财气，其实一部《金瓶梅》都是宣扬这四大祸害的。后来崇祯本《金瓶梅》第一回，更作了修改补充，写世人如何"跳不出七情六欲关头，打不破酒色财气圈子"，并强调说："只这酒色财气四件中，惟有'财色'二者，更为利害……这'财色'二字，从来只没有看得破的。"这与《警世通言》卷十一李宏故事的主题思想完全一致。承认"酒色财气亦人情"，也算是明人小说中的人本思想吧。

最后介绍个有趣的故事：陕西延安有位老和尚，自言一百四十多岁了，人呼为吴老寿星。他每天能担八十斤重的柴草上山，每晚坐着睡觉。人们间及他长寿的秘诀，他不加思索地回答：

> 酒色财气四道墙，
>
> 人人都在里边藏。
>
> 只要你能跳过去，
>
> 不是神仙也寿长。

覆水难收竟亦收

——蒋兴哥与金玉奴

雨落不上天，水覆难再收。

君情与妾意，各自东西流。

——李白《妾薄命》诗

"覆水难收"！这个成语含有多么深远的哲理。那流动而多变的水，引来古今多少智者的沉思。孔子在两千多年前曾慨叹："逝者如斯夫，不舍昼夜。"流水，一去不还，然而覆水，却此流水更无法挽回。《后汉书·何进传》说过："覆水不收，宜深思之。"人们常用这个成语表示感情上的决裂，夫妻关系的离异。民间传说有姜太公休妻的故事。前秦王嘉《拾遗记》载，姜太公娶妻马氏，只顾读书，不能治理家业。马氏要求离婚，两人便分开了。后来姜太公得到周文王的重用，又帮助周武王灭商有功，封于齐地。其故妻要求复婚。姜太公端来一盆水，泼在地上，叫马氏收回来。马氏弄了半天，只收得些泥浆。姜太公说："若能离更合，覆水完难收。"相传汉代朱买臣也有类似的故事，并说其妻后来羞愧投河而死。这些故事在民间流传了千百年，覆水难收似乎是天经地义的事儿，尤其是女子先"负心"，那就更无法挽回了。可是，在《喻世明言》开宗明义第一章"蒋兴哥重会珍珠衫"中，竟提出覆水可以重收的问题，对一位发生婚外情的女子采取同情和谅解的态度，这不能不说是对传统的伦理道德的怀疑和冲击。

《蒋兴哥重会珍珠衫》是一篇动人的小说。自六朝唐宋以来，成百盈千的爱情故事，都脱不了"离""合"两种模式，非离即合，非合即离，或是先离后合，或是先合后离，演出许许多多的喜剧和悲剧来。小说家们或是歌颂那些生死不渝，始终相爱的情人们，或是谴责那些始乱终弃的负心汉子，或是同情那些痴心苦恋的女郎，可是，像"蒋兴哥"这样的覆水重收的故事，却直到明朝末年才在中国文学史上首次出现，这是值得被研究者们重视的。

大量的爱情故事是写男女双方倾心爱慕，经过悲欢离合，最后"有情人终成眷属"的。男女主人公的感情是单一的，即所谓"纯情"的，在"爱"这个问题上，没有内在的矛盾冲突，因而故事情节的安排只着重在他们如何克服外部的矛盾，如父母的阻挠、事业的无成和家庭的贫困等等。这使中国古典爱情小说逐渐公式化，小说家只是制作小说而不是创造小说，才子佳人式的假文学已令读者厌倦了。"蒋兴哥"的出现，使人耳目一新，它对爱情和婚姻的一些问题有了不同的认识。

小说的情节结构是全新的。篇首的《西江月》词先揭出："淫名身后有谁知？万事空花游戏。"小市民阶层对"贞""淫"的传统观念有其独特的看法。随着情节的展开，我们看到了一些没有被封建礼教扭曲了的人物。蒋兴哥和三巧儿，"男欢女爱，比别个夫妻，更胜十分"。兴哥出外营商，夫妻掩泪而别。三巧儿思念丈夫，"目不窥户，足不下楼"。一日在楼前探望，无意中见到了一表人才的陈商，"羞得两颊通红""兀自心头突突的跳一个不住"。作者在这段描述中，揭示了独守空闺少妇的潜意识，她的惊羞中已带有情欲的成份了。经过薛婆千方百计的撺掇，爱慕三巧儿的陈商终于如愿以偿。薛婆的话是有强烈的挑逗性的，凡街坊秽亵之谈，无所不至。这婆子或时装醉诈疯起来，到说起自家少年时偷汉的许多情事，去勾动那妇人的春心。陈商得偿所愿后，薛婆还满有道理地说，是为了可怜三巧儿"青春独宿"。作者是同情三巧儿与丈夫长期分隔两地而产生的精神痛苦的，也谅解她的"逾检"行为。小说着力描写三巧儿的心理变化，她的软弱，她的善良，她对性生活的渴望，刻画了明代社会市民阶层兴起和城市经济发展后，嫁作商人妇的女性，饱受离情煎熬和寂寞困扰的精神苦痛，以及生活中发生的变化，一些与传统道德观念不符并同社会习俗完全相反的突出事物。

小说中的有妇之夫陈商，他跟三巧儿之间的关系也是非道德的。他先是惊艳而起觊觎之心，想要花些本钱"谋他一宿"，然后是与薛婆合谋奸骗。他可是真心"爱"着三巧儿的，两人"你贪我爱，如胶似漆，胜如夫妇一般"。临别时陈商还"哭得出声不得，软做一堆"。三巧儿赠他珍珠衫，他"每日贴体穿着"，夜间放在被窝里同睡，寸步不离。

从传统的封建礼教来看，三巧儿和陈商是一对十恶不赦的奸夫淫妇。可是，作者并没有强烈谴责他们，相反，却采取了宽容的态度。可以说，"这篇小说实际上体现了一种与封建的传统观念相对立的生活原则"（章培恒《对中国古典文学研究的展望》）。

小说写到，蒋兴哥巧遇陈商，交契甚欢，陈忘形地吐露了那段恋情，并出示蒋的传家宝物珍珠衫。蒋忍着巨大的痛苦回家，证实三巧儿的移情别恋，于是，便出现了传统把戏中的一幕——休妻。三巧儿改嫁给进士吴杰。蒋兴哥还把十六大箱细软送给她作陪嫁。这已伏下覆水重收的线索。蒋兴哥不但厚道，而且对三巧儿未能忘情。最后蒋兴哥不幸被牵涉到一宗人命案子里，被关押候审，刚巧又是吴杰审理，三巧儿知悉此事，"想起旧日恩情，不觉痛酸"，认蒋是自己的亲哥，两眼嘀泪，跪下苦苦哀求吴杰，救他一命。吴杰查清了真相，蒋被当堂释放，三巧儿与他"紧紧的你我相抱，放声大哭"。吴杰才知他们本是恩爱夫妻，便令他们破镜重圆。一段覆水重收的故事圆满结束。

蒋兴哥休妻后再复婚，三巧儿先后同三个男子有关系，最后与原来的丈夫复合。这些都跟传统道德观念"好马不吃回头草""烈女不嫁二夫"相矛盾的。我们想起了托尔斯泰的《安娜·卡列尼娜》，据说托翁写小说的动机是要批判那位不贞的妻子的，谴责安娜为了个人感情而破坏了家庭。可是，其结果如列文所说的"一切都翻了一个身"，人们同情的是那位憧憬着个人幸福的安娜，被上流社会虚伪冷酷的道德压力杀害了的安娜。蒋兴哥覆水重收，表明了小市民阶层全新的道德观念。从这个角度来看，《蒋兴哥重会珍珠衫》一文，是有着深刻的社会意义的。

同是这本《喻世明言》，卷二十七却有篇《金玉奴棒打薄情郎》故事。情节是读者们都很熟悉的，自南宋以来，类似的"薄情郎"故事不绝于书。"金玉奴"故事，写莫稽家贫，娶团头（乞丐头子）之女金玉奴为妻，金是个贤妻的典型，辛勤帮助丈夫读书成名，莫稽高中状元后，竟嫌妻子出身卑贱，下毒手谋害她，并另赘高门。当他在新婚之夜，发现新娘竟然是被自己推下河里的妻子，金玉奴命丫鬟以乱棒打之。小说写到这里，本是很快意的。可是，小说结尾却令人扫兴，莫稽"只顾磕头求恕"，在义父许公的说合下，"莫稽与玉奴夫妇和好，比前加倍"。

这是女方对男女的"覆水重收",其目的是宣扬女子"从一而终",作者还有诗为证：

> 宋弘守义称高节，
> 黄允休妻骂薄情。
> 试看莫生婚再合，
> 姻缘前定枉劳争。

我们不能想象，一个女子怎能跟一个谋杀过自己的男人继续保持夫妻关系？这样的"覆水"，不收也罢！在这里，金玉奴始终是个受害者，莫稽的"悔悟"不值一钱，金玉奴跟他复合，就能把心底的创伤抹平了吗？

蒋兴哥和金玉奴，两人同是覆水重收，他们却分别代表了两种不同的爱情观点和道德观念。

珍珠衫是什么东西?

　　《喻世明言》卷一"蒋兴哥重会珍珠衫",以珍珠衫为线索,串起全篇。然而珍珠衫是什么东西,文中却语焉不详。三巧儿取出衫来赠与陈商时说:"这件衫儿,是蒋门祖传之物,暑天若穿了它,清凉透骨。"陈商得了珍珠衫后,"每日贴体穿着,便夜间脱下,也放在被窝中同睡,寸步不离"。

　　小说中对珍珠衫的介绍,仅此而已。文中传达了如下几个信息:珍珠衫是贵重的东西,它有清凉的功用,它用来贴体穿着,它只能白天穿。

　　古人把珍珠视为名贵之物,常用以为装饰。一般是戴在发上,乌黑的头发配着莹洁的珍珠,实在是光艳夺目。古诗文中,甚多"珠发""珠髻"之语,不必缕述。珍珠作为耳饰,称作"珠珰"。那是要用大珠子做的,即所谓"明月之珠"。刘桢《鲁都赋》:"插耀日之珍笄,珥明月之珠珰。"《唐书·南蛮传》中还特别写到我们这些南蛮子:"妇人横布两幅，穿中而贯其首，名为通裙。其人美发，为髻鬟垂于后。以竹筒如笔，长三四寸，斜贯其耳，贵者亦有珠珰。"珍珠还可以饰在帽上，称为"珠冕""珠旒""珠帽"；饰在首饰上，称为"珠簪""珠钗"；饰在鞋子上，称为"珠跋""珠履"。至于"珍珠衫"，古书中没有详细的记载。晋左思《吴都赋》中有"珠服"一词，可能只是缀些珠子的衰服，李白《白马篇》："秋霜切玉剑，落日明珠袍。"也只不过是饰了珠子的衣袍。古书中常见的"珠衣""珠袖""珠裙"，恐怕都不过如是。

稍有点儿相近的，当是《汉书·霍光传》所载"太后被珠襦盛服坐武帐中"的"珠襦"。晋灼注："贯珠以为襦。"《云笈七签》也载："珠罗之服，因针而成。"可见是有人把珍珠穿成衣服来着的。太后着珠襦，是特殊情况下的衣装，是为了显示自己高贵的身份，而小说中的蒋兴哥，怎么也有了珍珠衫？

汉世海上贸易未开，珍珠难得，珍珠多从合浦等滨海之地远道运去。马援在交趾待过一些时候，临走时运走一车薏米，竟被人当成珍珠，造下有名的"薏苡之谤"。到了明代，海禁渐开，商人有钱，可弄得大批珍珠，穿成珍珠衫，作为传家之宝，也是不足为怪的。

周胜仙和绮思梦达

　　《醒世恒言》卷十四《闹樊楼多情周胜仙》是一个不幸的爱情故事。它的情节荒诞而又可笑，可是叫人读后却感到一种揪心的窒息，这是在常见的浪漫爱情小说中所不曾有的。

　　春末夏初，经营旅店的范二郎在金明池畔游赏，遇到一位称意的姑娘，彼此暗中恋上了。回到家后两人都相思成病。姑娘周胜仙的母亲知道了，便叫媒人去说合，下了定礼。半年后胜仙的父亲周大郎远道回来，得知此事，勃然大怒，骂道："打脊老贱人！得谁言语，擅便说亲！他高杀也只是个开酒店的，我女儿怕没大户人家对亲，却许着他。你倒了志气，干出这等事，也不怕人笑话！"胜仙听到，气倒在地，四肢冰冷，家人都以为死了，便把几千贯房奁作了陪葬。这却引动了奸人的贪念，夜来盗墓，把胜仙弄醒过来。胜仙便去寻找范二郎。（故事叙述到这里时，读者就以为可以"大团圆"结局了。）那知事有意外，范二郎见到胜仙，吃了一惊，连声叫"灭，灭！"，以为是见鬼了，慌忙用只汤桶丢过去，竟把胜仙砸死了。

对情人的爱恋之心竟敌不过对鬼神的恐惧！胜仙死而复生，生而又死，可算是对传统的理想化的爱情的嘲弄吧。结局是如此唐突，如此不可思议，如乐蘅军先生所说的："如果'闹樊楼'是一个浪漫爱情故事，那么周胜仙的死而再生将成为歌颂爱情力量的象征情节，但事实上却不然，它可笑的失败了，甚至连失败的庄严也没有。"（《浪漫之爱与古典之情》）虽然，小说后来写到范二郎被捕入狱，梦中与周胜仙的鬼魂（这回真的是鬼魂了）欢情无限，但已是明日黄花了。

绮思梦达的故事，是中古时代意大利作家薄伽丘《十日谈》中的名篇。唐克烈亲王有位独生女儿绮思梦达，她不幸青年寡居，在父家爱上了亲王的侍从纪斯卡多。两人在幽会时被亲王发现，亲王愤怒异常，把纪斯卡多监禁起来，并痛骂女儿不该和下贱的侍从私恋。绮思梦达毫无惧色地说："我们人类向来是天生一律平等的，只有品德才是区分人类的标准，那发挥人才大德的才富得起一个'贵'；否则就只能算是'贱'！"宣布自己始终如一地爱着那男子，甘愿父亲"狠起心肠一刀子把我们俩一起杀了"。亲王命人私下把纪斯卡多缢死，挖出心脏，放在金杯里送给女儿。绮思梦达把毒汁倾注在心脏上，和泪饮下而死。遗愿是请求父亲把自己这"一对不出面的夫妻""公开合葬在一起"。

周胜仙和绮思梦达的故事，写的是爱情悲剧，都有着更为深刻的社会意义。周胜仙的父亲是个"平昔为人不近道理"的市井之徒，眼睛只盯着金钱和地位，一心向上爬，要为女儿找"大户人家对亲"，女儿被气死后，还不准旁人救护，骂道："打脊贼娘！辱门败户的小贱人，死便教他死，救他则甚？"可算得全无人性了。绮思梦达的父亲贵为亲王，手段更为狠毒，他一力维持封建门阀，反对女儿追求爱情自由。两个父亲代表着封建时代旧的伦理道德观念，两位女儿却反映了处于历史变革前夕的妇女要求平等自由的理想，她们再也不能忍受封建特权阶层垄断人们爱的权利了。周胜仙和绮思梦达都是失败者，但后世千千万万读者们的同情是在失败者身上的。

《搜神记》卷十五有一则"河间郡男女"故事，云："晋武帝世，河间郡有男女私悦，许相配适。寻而男从军，积年不归。女家更欲适之。女不愿行，父母逼之，不得已而去。寻病死。其男戍还，问女所在。其家具说之。乃至冢，欲哭之尽哀，而不胜其情。遂发冢开棺，女即苏活。因负还家，将养数日，平复如初。后夫闻，乃往求之。其人不还，曰：'卿妇已死，天下岂闻死人可复活耶？此天赐我，非卿妇也。'于是相讼。郡县不能决，以谳廷尉。秘书郎王导奏：'以精诚之至，感于天地，故死而更生。此非常事，不得以常礼断之。请还开冢者。'朝廷从其议。"这篇故事的结局是圆满的，但它只表现了一种浪漫的幻想。比起周胜仙故事来，总欠缺了现实的意义。后者用汤桶杀"鬼"的情节把传奇故事里种种罗曼蒂克的东西一扫而光，留下的只是小市民们鄙俗而又冷酷的实在！

秦重真的"情重"?

《醒世恒言》卷三《卖油郎独占花魁》一篇，是非常出色的小说。国内外学者纷纷著文论述，早已把这篇小说嚼烂了，哪里还容得笔者在这里饶舌？对小说的主人公秦重，评论家们也倾注了大量的"美辞"，说他如何出自至诚地珍爱处于火坑中的妓女，有着出身于下层市民的忠厚和纯洁的爱情。秦重是否真的情重？我们不能离开小说本身以及作者写作目的来一厢情愿地评价。

作者在小说开头中强调指出，善于"帮衬"，是风月机关中最要之论。只要懂得"着意揣摩"，"知情识趣"，就能骗取女子的欢心，终于"独占花魁"，并且"把家业挣得花锦般相似"。这就是作者的用意。

秦重，谐音"情重"。《红楼梦》中的秦锺，意即"情重""情种"或是"情之所钟"，当也从卖油郎中得到启发。《醒世恒言》中，"情"与"欲"，"灵"与"肉"是一致的，秦重对花魁娘子，首先是张君瑞式的惊艳，"此女容颜娇丽，体态轻盈，目所未睹，准准的呆了半晌，身子都酥麻了"。又想了一回,越发痴起来了,道:"人生一世,草生一秋。若得这等美人搂抱了睡一夜,死也甘心。"终于花了一年多时间,积了十两银子,去动那"风流之兴"了。

可是,秦重等候了大半夜,才见美人回来。她吃得大醉,但她清清楚楚知道:这个"秦小官人"不是有名的子弟,接了他,被人笑话。秦重听到了,"佯为不闻",而美娘看着他"好生疑惑,心里甚是不悦,嘿嘿无言",只顾饮酒。酒后,和衣上床,倒身而卧,并不理会秦小官人。这时,秦重便显出"帮衬"的本事,脱鞋上床,拴在美娘身边,左手抱着茶壶在怀,右手搭在美娘身上,眼也不敢闭一闭。美娘呕吐了,他用自己的新袍子接了吐物,自觉"有幸得沾小娘子的余沥"。"夜来得亲近小娘子一夜,三生有幸,心满意足"。

对秦重这般行为,有三种不同的评价:一是冯梦龙的意见:"会温存,能软款,知心知意。"一是时下评论家的意见:表现了劳动人民真挚纯洁的爱情,对受苦受难的妇女的同情和热爱。还有一种意见:秦重是一位"真挚的朝圣者","渴望与心目中之崇拜偶像作具体的接触""在浪漫中又有浓重的虔敬"。

学者们的思想太复杂,太周密了。他们说:"秦重以道袍承纳花魁娘子的呕渍无疑是一个具有强烈象征意味的动作,在这儿,秦重的形象已经超越最初的朝圣者而提升为圣徒甚而至于救世主了。"（康来新《秦重——真挚的朝圣者》）又说："他以自己身上的衣物去承受花魁娘子吐出的肮脏物，这动作也充满了象征含义，一方面是表现极端的自我卑折与极端的崇拜对方，另一方面也有包纳对方的不洁，然后替她洗净的双关意味。"（张淑香《从小说的角度设计看卖油郎与花魁娘子的爱情》）学者们把秦重视为圣徒，视为救世主，把秦重替美娘承纳呕吐物视为"浸洗的仪式"，从宗教的角度来衡量小说中的人物行为，实在玄之又玄，令我辈俗子凡夫无法理解。

秦重，忠厚善良，朴野而又自卑，在花魁娘子天人般的威慑力面前，他满怀畏惧与羞怯，能一亲香泽，已偿夙愿，根本谈不上"作爆发式或报复性的宣泄"。学者认为秦重对花魁的感情是"纯洁""神圣"的，这只是躲在象牙之塔里发出的伟论，很难理解劳苦民众在想些什么。秦重对花魁的感情，是被压抑了的情欲，"见了又休还似梦，坐来虽近远如天"，他自惭形秽，最能表达他内心世界的还是他本人的话："小娘子天上神仙，小可惟恐伏侍不周，但不见责，已是万幸，况敢有非意之望！"秦重本是怀着"非意之望"来当嫖客的，如果花魁不醉，他早已如愿以偿了，可是，美娘的酩酊大醉，美娘的冷淡，美娘蔑视的话语，既引起了秦重的同情和怜爱，又愈发使他感到两人间的鸿沟不可逾越。秦重的男性能力已被花魁娘子的优越地位所抑制了，在他的潜意识中美娘几乎是不可亵渎的。美娘为他树了一个女性最高的标准，自此以后，秦重便不把别的女子放在眼里，"立心要访求个出色的女子，方才肯成亲"。

事情终于发生转机。花魁娘子受到贵家公子的凌辱，被扯到清波门外僻静之处，脱下绣鞋，蓬头垢面，放声大哭。这时，知情识趣的秦小官出现了。他扯开白绫汗巾为她裹脚，亲手与她拭泪，又与她挽起头发，再三把好言宽解，然后唤轿子送她回去。"卖油郎独占花魁"中，这段描述非常重要，可惜学者们多没有论及。通过这次事件，秦重认识到自己是一个男子，一个能扶助弱女子的男子，被凌辱的美娘，在秦重眼中已失去眩目的光辉，再也不是神圣不可侵犯的了。秦重自觉与美娘是平等的，甚至此她还高一截。再加上他承受了朱家的店业，手头活动，体面又比前不同，长期受着性饥渴煎熬的秦重终于"魄荡魂消"，"做了一个游仙好梦"。

评论家们何必在一个下层市民的头上涂抹一圈圣光，把卖油郎"少女少郎，情色相当"的爱恋解释作"充满宗教气味的爱情"？还是冯梦龙自己点出了全篇的主题：

> 堪笑豪家多子弟，
>
> 风流不及卖油人！

于微细处见深情

——杜十娘行为心理剖析

《警世通言》卷三十二"杜十娘怒沉百宝箱",是"三言""二拍"有关爱情题材中最出色的一篇。

一位被侮辱与被损害的女性,她处在社会的最底层,为了摆脱以色事人的苦境,憧憬着真挚的爱情生活,她以为找到了一位可依托终身的人——贵公子李甲。她巧妙地为自己赎了身,离开妓院,与李甲一起回到他的家乡。可是,李甲在恐惧和利诱之下,终于无情地把她抛弃,转卖给轻薄头儿孙富。杜十娘面对着负义的情人,傲然挺立,用自己的生命作了最后的搏斗。她把一件件价值万金的宝物掷入江中,痛骂李甲和孙富之后,愤然投江自尽,用一死表示了自己最后的抗争。小说中杜十娘的形象表现了壮烈的悲剧美,具有震撼人心的感情力量。

"妾椟中有玉,恨郎眼内无珠!"杜十娘抱着百宝箱自沉之前,对负心郎李甲说的两句话，可说是全篇小说的总结。语中的"玉"与"珠"，都有相关意义。玉，既指她匣中的珍宝，也象征她美好的心灵。古语有"买椟还珠"之说，李甲只看到杜十娘外在的美，他所"爱"的，也仅此而已，而椟内的珠，这个浅薄的公子哥儿却视而不见，辜负了十娘的至诚的心。我们看看作者是怎样展示女主人公的内心世界的：

为己赎身中见灵巧多智。十娘要跳出火坑，主意已定，她却后发制人。先不向鸨儿提出，而让鸨儿自己说出来："有本事出几两银子与我，到得你跟了他去，我别讨个丫头过活却不好？"旋即抓住时机，逼使鸨儿与她"拍掌为定"。当李甲凑齐银子，鸨儿似有悔意时，十娘便以死相挟，要使鸨儿"人财两失"，终于取得第一回合的胜利。一位秀外慧中的女性形象便显现在读者眼前了。

十娘是深藏不露的，她处处掌握主动，作了周全精密的安排，为了选择一个"忠厚志诚"的男子作终身伴侣，她用尽心机："那杜十娘与李公子，真情相好，见他手头愈短，心头愈热。"以李甲肯出手花钱作为衡量他爱情深浅的标准，在十娘眼中，这不同于一般嫖客"真正的买卖"，而是一种考验。这种考验发展到最高峰就是，她要当时已荡尽钱财的李甲独力筹备三百两赎身的银子，要他竭尽全力奔走求援，六日而银未得，她又提出"三百金，妾任其半，郎君亦谋其半"的方法。尽管十娘私蓄不止万金之数，她始终不露个中虚实。她自以为证实了：李甲是爱她的。

　　杜十娘怀着美好的幻想，跟随李甲踏上还乡之路。作者的笔触更为细腻了。李甲满怀"抑郁之气"，到孙富船上饮酒，杜十娘一直"挑灯以待"，如古乐府所写的："欢愁侬亦愁，郎笑我便喜"，李甲闷闷不乐，她也"心中不悦""委决不下，坐于床头而不能寐"，李甲流下眼泪，她便"抱持公子于怀间，软言抚慰"，一片真情，流露于一言一行之间。当李甲渐说到"夫妇之欢难保"时，十娘不禁又"大惊"。最后，李甲把转卖十娘给孙富之意透露时，"十娘放开两手，冷笑一声道：'为郎君画此计者，此人乃大英雄也。郎君千金之资，既得恢复，而妾归他姓，又不致为行李之累，发乎情，止乎礼，诚两便之策也。那千金在哪里？'"这段描述，极为传神。一声冷笑，把过去种种热望全都抹掉了。在这一霎那间，杜十娘彷佛得了禅宗式的顿悟，色色皆空，自己所深爱的人原来是这样的一个龌龊小人，爱情的梦想如泡如影，于是，似水柔情顿时化作如火怒焰——它只在十娘心底里燃烧，把一切都烧成灰烬。这时，十娘死志已定。她"挑灯梳洗""用意修饰"，装扮得极其华艳。这时，作者插进一笔："十娘微窥公子，欣欣似有喜色"，这"微窥"二字，千万不要滑眼看过。那是一只马上要沉没的船所发出的求救信号。她在希冀着李甲的悔意，可是，她的华妆也动不了"眼内无珠"者的心，李甲的"欣欣似有喜色"暴露了他灵魂的彻底堕落。为了维护自己人格的尊严，杜十娘果断地选择了死。

坚忍的杜十娘，苦心孤诣，惨淡经营，到头来只换得巨大的痛苦和绝望。她正视现实，勇敢地一步步走向死亡。她的"冷笑"，她的华妆，她的"微窥公子"，曲折地反映了十娘的内心世界。这是一位意志坚强的女性，她没有悲悲切切地啜泣，也没有低声下气去哀求，她冷静地演出了人生最后的一幕：她先命孙富交割千金，再将百宝箱索回，取钥开锁，叫公子一层层抽出来看，看罢，"尽投之于大江中"。这时，愚蠢无情的李甲"不觉大悔，抱持十娘恸哭"，可是，迟了。十娘在痛斥孙富之后，再向李甲表明心志，最后强调说："妾不负郎君，郎君自负妾耳！"抱持宝匣，跳入江中，殉情而死。她所殉的"情"，是升华了的情，是中国几千年来在封建制度重压下的妇女所渴望的纯真的爱情，十娘的死，也就有着更深广的社会意义。

秋香三笑为何人

唐伯虎点秋香，是家喻户晓的故事。《警世通言》卷二十六"唐解元一笑姻缘"，绘声绘影，描述苏州风流才子唐伯虎，如何看中了无锡华学士的丫鬟秋香，便变服为奴，投奔华府，受到主人的赏识，赐与秋香成婚。云云。冯梦龙编的《情史类略》卷五"唐寅"条，《古今谭概》卷十一"佣"条，都引述这个故事，并注明事出《泾林杂记》。其事流传日广，孳乳益多，便演成洋洋洒洒的说部《三笑奇缘》了。

明代名士，放诞风流，干出扮奴娶婢的事来，也不足为怪，清学者赵翼就笃信此事。在他的《廿二史札记》卷三十四"明中叶才士傲诞之习"一条说："唐寅慕华虹山学士家婢，诡身为仆，得娶之。后事露，学士反具奁资，缔为姻好。"自注："见《朝野异闻录》。"赵氏多读书，广见闻，所说也许有根有据，可是，另一些有考据癖的学者又提出了新的说法。

褚人获《坚瓠集》丁集卷四"唐六如"条，俞樾《茶香宜丛钞》卷十七"秋香"条，蒋瑞藻《小说考证》卷三"三笑奇缘"条，都引用《桐下听然》的记载说：华鸿山学士泊船吴门，见邻船人，独设酒一壶，脱帽狂饮，向人大骂。华学士认为："此定名士。"一问，果然是唐伯虎。大喜，相对痛饮，复大醉。当谈笑之际，华家小姬隔帘窥之而笑。伯虎作《娇女篇》诗赠鸿山。后人便有"佣书获配秋香之诬"。这是说，唐伯虎仅作一诗而已，此外纯属别人的诬蔑。这一说法干脆否认有"点秋香"之事，未免大煞风景。

又有这样的说法：点秋香虽实有其事，但不是唐伯虎所为。王行甫《耳谈》载，吴人陈玄超，少年倜傥不羁，在苏州虎丘见宦家婢秋香，姣好姿媚，便卖身为奴，得娶秋香。时有贵客过其主人，陈玄超特意出来迎客，谈到自己"柄国尊显"的真正岳父吏部尚书白某。主人听到，大骇，马上赠以百金。卖弄自己的阔亲戚，可见这位陈先生的品格大不如唐伯虎了。

大诗人王渔洋却说：这既非唐伯虎，又非陈玄超事，而是山阴华之任事。华之任年十七，与客登虎丘，见上海宦家美婢秋香。华改姓名叶昂，鬻身宦家。娶秋香后遁归。后来华之任在洞庭遇异人，学得法术，人称吉道人。（事见《古夫于亭杂录》。又见姚旅《露书》，翟灏《通俗编》。）

清人黄蛟起在《西神丛话》中提出异议说：唐伯虎点秋香，纯属好事者伪托。此事是无锡俞见安所为。俞为名士俞宽之子，他在舟中见到苏州某富室的婢女美娘，心悦之，卖身富室为奴，得娶美娘。时苏郡太守是俞宪的同年，见安以年家子身份请见太守，要求为富室罢免粮役。黄蛟起还强调说，此事是亲自从俞见安的从孙俞祖源处听来。言之凿凿，似乎要作出结论了。

其实，总是学者们多事，无论是唐寅也好，陈玄超也好，俞见安也好，都无关紧要。自然，选一个大家熟悉的名士，作为小说中的主人公，读者们便更感有趣些。唐伯虎既然有"江南第一风流才子"之号，"家无儋石，客常满座；文章风采，照曜江表"，这么一个理想的小说主人公，还能往哪里找啊！

"三言"为什么多青楼故事？

　　"三言"中有不少描写妓女生涯的青楼故事，如《喻世明言》卷十二《众名姬春风吊柳七》《警世通言》卷三十二《杜十娘怒沉百宝箱》《醒世恒言》卷三《卖油郎独占花魁》等更是脍炙人口。为什么"三言"多青楼故事？为什么这些青楼故事多写得好？这是值得探讨的。

　　我们先得从冯梦龙的身世谈起。多年前，容肇祖先生发表了《冯梦龙的生平及其著述》正续两篇，对冯梦龙其人其事作了较为周密的考证。一般研究者都认定，冯梦龙为明末长洲（今江苏苏州）人，是个科场失意的文人，他没有资格考进士，甚至连个正式的举人也当不上。他的一生，除了晚年在僻远贫瘠的福建寿宁当过四年知县外，大部分时光都是蹭蹬场屋、奔走风尘的。又如许多失意文人那样，他不免在青楼红粉中混混日子。冯梦龙从青年时代开始，几十年间，流连于歌楼妓馆之中，他接触了一大堆青楼妓女，因而也就把她们的形象推上了文学舞台。由于冯梦龙熟悉她们的生活，了解她们的思想感情，怀着同情和爱去描写她们，作者让杜十娘、莘瑶琴、玉堂春等一些沦落在底层的妇女形象闪射出炫目的光辉。

《喻世明言》卷十二《众名姬春风吊柳七》中的柳永，就是作者自我形象的写照。冯梦龙是这样描写他的："他也自恃其才，没有一个人看得入眼，所以缙绅之门，绝不去走，文字之交，也没有人。终日只是穿花街，走柳巷。东京多少名妓，无不敬慕他，以得见为荣。""放旷不检，以妓为家。"冯梦龙也是在这些红粉知己中度过自己的大好年华。终日"逍遥艳冶场，游戏烟花里"（见王挺《挽冯梦龙》诗）。壮年时候，他遇到一位名妓侯慧卿，并热恋上她。这位侯姑娘是很有主见的。冯梦龙曾问她："卿阅人多矣，方寸得无乱乎？"侯说："不也。我曹胸中自有考案一张。"冯叹美久之。他们有一段时期感情极为炽烈，如冯氏所辑《挂枝儿》《感恩》曲词所写的："感深恩，无报答，只得祈天求地。愿只愿我二人相交得到底，同行同坐不厮离。日里同茶饭，夜间同枕席。死便同死也，与你地下同做鬼。"可是，侯慧卿却移情别恋，嫁了他人。冯梦龙非常痛苦，曾写了三十首《亿侯慧卿》诗，末首云：

> 诗狂酒癖总休论，
>
> 病里时时昼掩门。
>
> 最是一生凄绝处，

鸳鸯冢上欲招魂。

　　从此便翻然憬悟，绝迹青楼，全心著述，成为一代文豪。冯梦龙在"三言"的青楼故事中，寄托着他的爱和恨，眼泪和微笑，他把自己的内心本质力量投进创作中，刻画了一大批栩栩如生、有声有色的青楼妓女的形象。"三言"中不少故事，还被编成戏剧，搬上舞台，历数百年而不衰。迹其本原，也许还要归功于侯慧卿姑娘的负情吧。

一点真情系死生

——殉情的女性们

　　"三言"百余篇小说，一书以蔽之，曰"情"而已。冯梦龙是位至性至情的作家，他认为小说的作用是"触性性通，导情情出"（《警世通言序》），并强调说："岂非以情始于男女？凡民之所必开者，圣人亦因而导之，俾勿作于凉，于是流注于君臣父子兄弟朋友之间，而汪然有余乎？异端之学，欲人鳏旷，以求清净，其究不至无君父不止，情之功效亦可知已。"在他编的《情史》中，就分有"情贞""情缘""情私""情侠""情豪""情爱""情痴""情感""情幻""情灵""情化""情媒""情憾""情仇""情芽""情报""情秽""情累""情疑""情鬼""情妖""情外""情通""情迹"等二十四类。在一切"情"中，尤以男女之情为至，作者热诚地歌颂男女间坚贞的爱情，通过他的生花妙舌，把宋元话本中许多妇女的形象改写得更加鲜明突出。如郑意娘（《杨思温燕山逢故人》）、王娇鸾（《王娇鸾百年长恨》）、金玉奴（《金玉奴棒打薄情郎》）

等女子，真是可亲可敬，她们为了维护自己人格的尊严，为了追求爱情，甚至不惜付出生命代价。如《杜十娘怒沉百宝箱》中的杜十娘，更是铁骨铮铮，古往今来，为情而死的女性形象中，很少能像她那样合柔肠与侠骨于一身的。

　　我们特别注意到《警世通言》卷十六《小夫人金钱赠年少》和卷八"崔待诏生死冤家"两篇小说。小夫人原是王招宣府里的侍妾，"后来只为一句话破绽些，失了主人之心，情愿白白里把与人"，结果被撵出去嫁了个"须眉皓白"的糟老头子。她"心下不乐"，不甘这样任人摆布，私下里看上了店铺主管张胜，并大胆地赠他金钱，向他表白自己的爱情。不久因她从王招宣府中携走串珠事发，小夫人被迫上吊身死。她死后鬼魂依然投奔张胜，并把串珠相赠，开了间胭脂绒线铺过活。但张胜"心坚似铁，只以主母相待，并不及乱"，小夫人牺牲了性命，还没能取得爱情的幸福。但她那种不顾封建礼教的束缚、主动追求个人自由幸福的反抗精神，还是值得赞美的。相比之下，"崔待诏生死冤家"中的秀秀总算达到自己的目的，跟所爱的人享有一段幸福的爱情生活。小说故事的情节是读者熟悉的：咸安郡王是位权势很大的武将，他一日游春回城，看到璩家的女儿秀秀善于绣作，便要了回府做养娘。秀秀爱上了府中碾玉工匠崔宁，趁一个失火的混乱机会，秀秀携了金珠逃出王府，找到崔宁一起逃往远方，过了一年美满幸福的生活。后来王府的郭排军遇到他们，回府后告知郡王，郡王大怒，把两人捉了回来，将秀秀活活打死，埋在园中，把崔宁押送临安府判罪。崔宁在充军途中又遇到秀秀，两人一起上建康府住下。不料又被郭排军遇到，觉得奇怪，又去报告郡王。郡王下令抓人，谁知秀秀却失踪了，大家才明白秀秀是鬼。最后秀秀的鬼魂揪住崔宁，一块儿做鬼去了。

在这个故事中，秀秀是真正的主角。崔宁只不过是在她炽烈的爱情牵引下的一个傀儡而已。小说中写秀秀在府中失火出逃时遇见崔宁的话是十分精采的：

（秀秀）撞见崔宁便道："崔大夫，我出来得迟。……你如今没奈何只得将我去躲避则个。"

秀秀道："崔大夫，我脚疼了走不得。"

秀秀道："我肚里饥，崔大夫与我买些点心来吃！我受了惊，得杯酒吃更好。"

两人吃了酒，秀秀便提起当日之事，说众人都赞他们"好对夫妻"，崔宁胆小，一味唯唯喏喏。秀秀道："比似只管等待，何不今夜我和你先做夫妻。"崔宁还是不敢，秀秀便要挟说："你知道不敢！我叫将起来，教坏了你。你却如何将我到家中，我明日府里去说。"

就在秀秀三番四次的诱惑下，崔宁才下决心带她逃走。秀秀是主动的、热切的、执着的，为了爱情，她不顾一切。甚至不把郡王熏天的权势放在眼里，这是何等的大勇。

一点真情，能系死生。秀秀被打杀后，又寻上崔宁，继续逃亡做夫妻。后来又被郭排军遇到，秀秀便叫丈夫叫住那排军，义正词严地对他斥责，郭排军被问得无言可答。郡王再派郭来拿人，秀秀冷静地对郭排军说："既如此，你们少等，待我梳洗了同去。"到王府后，秀秀的鬼魂消失了，郭排军吃郡王打了五十背花棒，秀秀总算报了点儿冤仇。秀秀最后对崔宁说："我因为你，吃郡王打死了……如今都知道我是鬼，容身不得了。"便起身双手揪住崔宁，作"生死冤家"去了。

小说结尾评论说：

> 咸安王捺不下烈火性，
>
> 郭排军禁不住闲磕牙；
>
> 璩秀娘舍不得生眷属，
>
> 崔待诏撇不脱鬼冤家。

冯梦龙在整理宋人话本《碾玉观音》时，是贯注了自己的全部心血的。文字也写得很好，难怪缪荃孙竟据以伪作《京本通俗小说·碾玉观音》了。

最后要谈谈杀害秀秀的那位"咸安郡王"。他是"关西延州延安府人，本身是三镇节度使"，此人就是鼎鼎大名的抗金名将韩世忠。南宋高宗绍兴十三年（1143年）他被封为咸安郡王，绍兴六年（1136年）当了横海、武宁、安化三镇节度使，绍兴十七年（1147年），又改为镇南、武安、宁国三镇。韩世忠在政治上是位大英雄，在私生活方面恐怕就不是无可非议的，小说作者"为贤者讳"，没有点出他的名字。小说写韩世忠看到秀秀"身上系着一条绣裹肚"，便要招秀秀进府去，这里当有微辞隐讽。秀秀私奔，韩居然令人活活把她打死，除了说明他性格残暴外是否还透露某些信息？韩世忠既娶"京口娼梁氏"为妻，又曾接受过张俊所赠的妓女周氏，又曾救过妓女吕小小，并取之归家。他好游宴，定要部属的妻女劝酒。自古英雄多好色，韩世忠未必例外。一位为国家民族作出重大贡献的人，这些小节也可忽略不计了。

京娘的悲剧

——大男子主义的牺牲品

"赵太祖千里送京娘"(《警世通言》卷二十一)的故事,为世人所艳称。这位"血性男儿"赵匡胤,不远千里,护送一位弱女子回家,而毫无个人的私心杂念,保存了双方的"名节",真是块当万乘之尊的好料子了。

赵匡胤发现京娘被土匪所掠,囚于道观中,便决定护送她回去。临出发时,两人(自然是赵匡胤先提出)结拜为义兄妹,让京娘骑上马,自己携着兵器步行相随。在这里,我们可以看到《三国演义》中大英雄关云长的影子,关公护送刘备的两位夫人,也是提刀随马,"未尝敢缺礼"的,英雄们在女人面前都严于自防,一步不敢差失,他们的心理活动如何,还是让西方的心理学家弗洛伊德先生去解释吧。

行程是艰困的。土匪们不肯放过他们。土匪与客店店主串通,又去偷赵的名驹赤麒麟。于是，英雄便结果了好几条性命，保住美女的贞操。情节的发展是可以想象得到的：美女暗地里爱上了英雄。京娘想："当初红拂一妓女，尚能自择英雄；莫说受恩之下，愧无所报，就是我终身之事，舍了这个豪杰，更托何人？"她不但敢想，而且敢付诸行动。只推腹痛，"要公子扶她上马，又扶她下马。一上一下，将身偎贴公子，挽颈勾眉，万般旖旎。夜宿又嫌寒道热，央公子减被添衾，软香温玉，岂无动情之处"。可是英雄却浑然不觉，美女只得在灯前长叹流泪。她终于大胆地向英雄披露心思："愿备铺床叠被之数。"可是英雄却"大笑"道："休得狂言，惹人笑话！"京娘羞惭满面，又说："不敢望与恩人婚配，得为妾婢，服侍恩人一日，死亦瞑目"。英雄却勃然大怒，说自己"是顶天立地的男子"，"你若邪心不息，俺即令撒开双手，不管闲事"。公子此时声色俱厉，京娘便深深下拜，说"妾今生不能补报大德，死当衔环结草"。完了，京娘死志已定，"公子亦愈加怜悯京娘"。到了京娘家中，赵公赵婆又欲把京娘许配公子，公子便大骂："老匹夫！俺为义气而来，反把此言来污辱我，俺若贪女色时，路上也就成亲了"。结果是：京娘"将白罗汗巾，悬梁自缢而死"，而我们的英雄却过了"美人关"。

小说中向我们介绍的就是这么样的英雄业迹，以一个弱女子的爱情和生命，来换取个人的"名声"，好一个虚伪透顶的赵太祖！我们想起了欧洲的"骑士"唐吉诃德，他为了一个虚无缥缈的心上人，可以历尽艰辛,受尽侮辱,甚至甘愿为"她"献出自己的生命。而赵太祖呢,心目中只有野心、功名,他明知京娘要死,也就让她死去。

赵匡胤如此残酷,是因为他深信自己将有更为远大的前程。他和京娘在溜水桥边遇到一个"天上金星"般的白须老者,老者称他为"贵人",暗示他将为"太平天子"。"公子听得此言,暗合其机,心中也欢喜"。所以他在送京娘的过程中,就更要保存他的"义气",以免"惹天下豪杰们笑话"。他爱京娘吗? 我们能窥探出这位未来皇帝的内心世界吗?

好了,世事几番变迁,赵匡胤终于夺了后周的帝位,黄袍加身,又"灭了北汉",事隔二三十年后,垂暮之年的大宋开国皇帝,终于想起京娘来,遣人去寻访消息,得到京娘的遗诗,"甚是嗟叹,勅封为贞义夫人"。他,有愧悔之意吗?

在今天读者的眼中,《赵太祖千里送京娘》的故事,大概是最不可理解和最令人厌恶的"义侠"故事了。近代学者赞美它"突出无私助他人"(《中国大百科全书·警世通言》),笔者实不能苟同。

顺便再说一句,小说中写道:"宋太祖即位以后,灭了北汉。"与史实不符。赵匡胤在公元960年夺后周柴氏的帝位,建立宋朝,当了十六年皇帝。登基后，收兵权，平荆湖，平蜀，平南汉，平江南，武功鼎盛。可是，他在与北汉的战争中却颇为狼狈，968年8月，遣李继勋率兵伐北汉，北汉乞师契丹，宋军师还无功，北汉大掠晋、绛二州。次年，太祖亲征，骁将石汉卿战死，大将李怀忠中箭。太祖弃军储（粟。三万、茶绢各数万）而还。直到太祖死后三年，宋太宗赵匡义才亲征攻灭北汉。

白居易未免无情

　　《警世通言》卷十"钱舍人题诗燕子楼"一文，写的是唐代一位名妓关盼盼的故事。盼盼是驻守徐州的武宁节度使张建封的爱妓。建封死后，盼盼念旧爱而不嫁，居于燕子楼中十余年。小说中写盼盼"忽想翰林白公必能察我，不若赋诗寄呈乐天，诉我衷肠，必表我不负张公之德"，遂作诗三绝寄白居易。诗云：

北邙松柏锁愁烟，

燕子楼人思悄然。

因埋冠剑歌尘散，

红袖香消二十年。

适看鸿雁岳阳回，

又睹玄禽送社来。

瑶瑟玉帘无意绪，

任从蛛网结成灰。

楼上残灯伴晓霜，

独眠人起合欢床。

相思一夜知多少？

地角天涯不是长！

翰林自居易得诗后，叹赏良久，亦和三诗云：

钿晕罗衫色似烟，

一回看着一潸然。

自从不舞霓裳曲，

叠在空箱得几年？

今朝有客洛阳回，

曾到尚书冢上来。

见说白杨堪作柱，

争教红粉不成灰！

满帘明月满庭霜，

被冷香销拂卧床。

燕子楼前清夜雨，

秋来只为一人长。

又在三诗后更附一绝：

> 黄金不惜买蛾眉，
>
> 拣得如花只一枝。
>
> 歌舞教成心力尽，
>
> 一朝身死不相随。

盼盼读诗后，泪盈满脸，快快旬日，不食而死。

这段故事见于《全唐诗话》卷六"张建封妓"，又见于《唐诗纪事》卷七十八、《丽情集》《七修类稿》《情史》均详载其事。笔者读后，总以为这是小说家言，为草此文，翻阅白居易《白香山集》卷十五，赫然见《燕子楼》诗三首并序，所记盼盼之事与小说大抵相同。唯小说中所载盼盼三诗，实为张仲素所作。白居易"爱仲之新咏，感彭城旧游。因同其题，作三绝句"。诗中"见说白杨堪作柱，争教红粉不成灰"等语，已有责备盼盼在建封死后不以身殉之意。笔者复检到《白香山集》卷十三，又见《感故张仆射诸妓》诗，即小说所引"黄金不惜买蛾眉"一首。

读罢白居易诸诗，颇有不快之感。白居易竟不能让一位弱女子，在男人死后偷生人世，而责之以"一朝身死不相随"，以促其死，则未必太无情了。清人汪中《经旧苑吊马守贞》文云：

夫托身乐籍，少长风尘。人生实难，岂可贵之以死？婉娈倚门之笑，绸缪鼓瑟之娱，谅非得已。在昔婕妤悼伤，文姬悲愤，矧兹薄命，抑又下焉。

汪中竟引一位妓女为同调，"事有伤心，不嫌非偶"，更多的宽容，更多的谅解，白居易泉下有知，当自深愧。

信任危机中的苦爱

——白玉娘的动人故事

　　《醒世恒言》卷十九"白玉娘忍苦成夫"，生动地描写了乱世中人与人之间不正常的关系以及病态的心理活动，很可以作一篇"醒世"文来读。故事内容见于元陶宗仪《辍耕录》及明蒋一葵《尧山堂外纪》。写南宋末年彭城人程万里，因上书言事，得罪时宰，单身潜奔在外，被元将张万户俘获，留为家奴，并以俘婢白玉娘配之。白玉娘两次劝丈夫逃跑，而程万里却以为是主人指使来试他，便两次向主人告发，白玉娘被主人严惩，发卖为奴。话本中对这段事态的发展作了细腻的描写：程万里新婚后，独坐房中，想起流落异国，身为下贱，不禁潸潸泪下。玉娘是个聪明女子，见貌辨色，向他叩问不乐之故，而程万里又是个把细的人，当下强作笑容，说道："没有甚事"。这是两人在思想上第一次交锋。接着，两人就寝，玉娘又说："妾已猜其八九，郎君何用相瞒"。万里仍说："程某并无他意，娘子不必过疑。"这是第二次交锋。玉娘见万里一再推搪，便直接说道："妾观郎君才品，必非久在人后者。何不觅便逃归，图个显祖扬宗，却甘心在此为人奴仆！岂能得个出头的日子"。万里听到妻子这番诚恳的话后，非但没有以诚相报，反而老大惊讶，心中想道："她是妇人女子，怎么有此丈夫见识，道着我的心事？况且寻常人家，夫妇分别，还要多少留恋不舍，令成亲三日，恩爱方才起头，岂有反劝我还乡之理？只怕还是张万户教他来试我"。于是便说主人"此恩天高地厚，未曾报得，岂可为此背恩忘义之事"。这是夫妻第三次交锋。他们互相伸出思想触角，试探，又再缩回。在程万里看来，玉娘的至诚话语是不合情理的，第二天，他又再想深一层："张万户教他来试我，我今日偏要当面说破，固住了他的念头，不来提防，好办走路"。于是，他向张万户告发了玉娘劝他逃走的事情，张万户听了，心中大怒，要吊起玉娘打一百皮鞭。这时，程万里心中懊悔道："原来她是真心，倒是我害了她了。"在这个矛盾当头，程万里和白玉娘似乎彼此得到了解，可是，忽然张万户的夫人出来说情，玉娘免遭毒打，而程万里心中又起疑惑，认为这是张万户导演的一出好戏。心中又想道："还是做下圈套来试我。若不是，怎么这样大怒要打一百，夫人刚开口讨饶，便一下不打？况夫人在里面，那里晓得这般快就出来护救？且喜昨夜不曾说别的言语还好。"程万里心中充满着危惧，认为周围的人们，包括最亲的妻子都在算计、暗害自己。当他见玉娘毫无怨恨之意时，又想："一发是试我了。"说话越加谨慎。后来，玉娘再次劝他"早图去计"，程万里心中愈疑道："前日恁般嗔责，她岂不怕，又来说起？一定是张万户又教他来试我念头果然决否。"他不回答妻子的话，明早又禀知张万户。直到张万户暴躁如雷，叫喊要把玉娘敲死，后来又决意卖她时，程万里才知得妻子一片真心，可是，迟了。作者引了两句"自古道"的俗语：

夫妻且说三分话，

未可全抛一片心。

这就是人性的悲剧！是命运对人的捉弄，是人类自身的弱点使他失去了行动的自由。他自以为洞悉一切，可是却始终摆脱不了心灵幻象的蒙蔽，把真的当成假的，使他陷入错误和灾难。"九死之余，忧畏百端"，每当读到苏东坡这两句话时，都不禁深深感叹，对程万里的告密也有一定程度的理解和谅解了。

鲛绡一幅泪流红

——古代的定情信物

《喻世明言》卷二十三"张舜美灯宵得丽女"的入话故事中，叙述公子张生，因元宵到乾明寺看灯，忽于殿上拾得一红绡帕子，帕角系有一个香囊。细看帕上，有诗一首云：

> 囊里真香心事封，
>
> 鲛绡一幅泪流红。
>
> 殷勤聊作江妃佩，
>
> 赠与多情置袖中。

诗尾后又有细字一行云："有情者拾得此帕，不可相忘。请待来年正月十五夜，于相篮后门一会，车前有鸳鸯灯是也。"到了次年，张生赴约，与车中女子同奔异地，两情好合，偕老百年。

遗下帕子，以约一个从未谋面的"情人"相会，毕竟是件太冒险的事儿，那女子幸而遇着这位"容貌皎洁，仪度闲雅"的张生，若不巧碰上个又坏又丑的臭男人，奈何？这种打"望天卦"的怪事，是现代青年男女们无法想象的。这个故事原载于宋人罗烨《醉翁谈录》壬集卷一。题为"红绡密约张生负李氏娘"。帕上所题的诗有两首，中有"鲛绡滴血染成红""良媒未必胜红绡"之句，与《喻世明言》所载略同。

《警世通言》卷三十四"上娇鸾百年长恨"更是个凄艳绝伦的故事。"只因一幅香罗帕，惹起千秋《长恨歌》"。王娇鸾在后园中遗下了"三尺线绣香罗帕"，被书生周延章检到，如获珍宝，两人因而相识，尔后诗词唱和，王娇鸾便以身相许，约为永好。周生不久回乡，慕财贪色，途忘前盟，娶了富豪之女为妻。并把定情的香罗帕并合同婚书托人送还娇鸾，以绝其念。娇鸾整整哭了三日三夜，把三尺香罗帕反复观看，写了三十二首绝命诗及《长恨歌》一篇，然后"将白练挂于梁上，取原日香罗帕，向咽喉扣住，接连白练，打个死结"，自缢身亡。

在"三言""二拍"中，不少故事都写到用鲛绡罗帕作为男女间的赠品和定情的信物。所谓鲛绡，是一种又轻又软的丝织物，恐怕与当今流行的"柔姿"布料相近。相传南海中有鲛人，水居如鱼，能织绡纱，称为"鲛绡"。据说用来制衣，入水不濡，其价百余金。鲛人又善哭泣，眼泪滴下来就变成珍珠，所以在古代诗文中鲛绡与珠泪便结下不解之缘，以鲛绡拭泪是闺秀们韵事，没有一位千金小姐不随身携带罗帕，以备不时之需的。眼泪融和了脸上的胭脂，成了"红泪"，那就更动人了。诗人陆游的"钗头凤"故事中，唐氏词中，就有"泪痕红浥鲛绡透"之语。可证。宋人张君房《丽情集》载，女郎灼灼，是成都城里的丽人，善舞《柘枝》，能歌《水调》，曾与河东御史裴质相好，后来裴被召还，不复见面，灼灼"以软绡聚红泪"，密寄河东的情人。光是寄被泪水染红的帕子，似乎还未能充分表达情意，姑娘们便想出"罗帕题诗"的新玩意儿了。

《红楼梦》第三十四回"情中情因情感妹妹，错里错以错劝哥哥"，更有一段幽艳的描述。宝玉惦记黛玉，取了两条旧手绢，叫晴雯送给她，"这黛玉体贴出绢子的意思来，不觉神痴心醉，想到宝玉能领会我这一番苦意，又令我可喜。我这番苦意，不知将来可能如意不能，又命我可悲。要不是这个意思，忽然好好的送两块帕子来，竟又令我可笑了。再想到私相传递，又觉可惧。"黛玉余意缠绵，便在那两块手帕上题诗道：

> 眼空蓄泪泪空垂，
>
> 暗洒闲抛更向谁？
>
> 尺幅鲛绡劳惠赠，
>
> 为君那得不伤悲。

后来黛玉临危时，便挣扎着把帕子连同诗稿都烧掉了。同样写罗帕题诗，《红楼梦》却不落俗套，远胜于前人多矣。据近人考证，《红楼梦》后四十回是高鹗所续。续书尽管有不尽如人意的地方，但黛玉之死一段写得实在动人之极。

妻姊妹婚的习俗

《拍案惊奇》卷二十三"大姊魂游完夙愿，小妹病起续前缘"，写吴家有两女，长名兴娘，次名庆娘。长女与崔兴哥自小有婚姻之约。兴哥一去十五年，兴娘因思忆而病卒。不久兴哥归来，寄居吴家。夜间见一女子叩门而入，自称庆娘，求与欢好。将及月余，两人恐事发，偕同逃走。一年后，兴哥重过吴家，向丈人承认拐带小姨之事。丈人大惊，说庆娘已昏迷卧床年余不起。原来是兴娘假借庆娘的精魂，与兴哥了此一段姻缘。吴家便把庆娘许配给兴哥。

这段故事，自然是从唐人小说《离魂记》化出。《离魂记》中的倩娘，能够有生之年与情人团聚，其命运要比吴兴娘要好得多。兴娘借其妹之魂，主动去找寻兴哥幽会，并一起私奔，也算是位钟情的女子。而最后庆娘嫁给兴哥，正是中国古代的"妻姊妹婚"习俗的反映。

妻姊妹婚是原始社会群婚的一种残余形式，在母系氏族制后期开始流行。一个男子在跟某家的长女结婚后，有权娶妻子的达到结婚年龄的妹妹。中国在春秋、战国时期，有所谓"媵娣制"，即妹随姐嫁一夫，在贵族社会中尤其盛行，一个国君娶别国的贵族女子为妻，往往有两三位妹妹随同嫁去。《公羊传·庄公十九年》："媵者何？诸侯娶一国，则二国往媵之，以姪娣从。"所谓"姪"，是姑对兄弟子女的称呼，这里特指女姪。《左传·襄公二十三年》："继室以其姪。"即此意。"娣"，则女弟，同嫁一夫之妹。《易·归妹》："归妹以娣。"《诗·大雅·韩奕》："韩侯取妻，汾王之甥，蹶父之子。韩侯迎止，于蹶之里。百两彭彭，八鸾锵锵，不显其光。诸娣从之，祁祁如云。韩侯顾之，烂其盈门。"意说，韩侯取周厉王之甥、蹶父之女为妻。他亲自到女家迎娶，有着上百辆车子，车上的铃儿叮当作响，显出他的伟大光荣。妻子的妹妹都随着嫁过来，像云般众多，满门光彩夺目。从诗中可见陪嫁的媵妾之多。《左传·僖公二十三年》还记载晋公子重耳出奔，到秦国，秦穆公"纳女五人，怀嬴与焉。"所纳之女，当为怀嬴的妹妹或是姪女。而且怀嬴在嫁给重耳之先，就曾嫁怀公，妻从夫谥，故称怀嬴。秦穆公又把她再嫁给怀公的叔父重耳，这种叔姪间的"转房"在先秦并不罕见，在近代一些少数民族中还保有此旧俗。《国语·晋语一》还记载，晋献公攻伐骊戎，俘获了骊国的贵女骊姬，立为夫人，骊姬生奚齐，其娣生卓子。先秦时以妹妹和姪女从嫁，已成规例，汉代以后，这种习俗还保持下来，但形式上已有所改变，多表现为鳏夫可以或者必须娶亡妻的未婚姊妹。最著名的是欧阳修的故事。《邵氏闻见录》载，欧阳修与王拱辰为同年进士，同为薛氏之婿，欧阳修先娶拱辰夫人之姊，再娶其妹，故有"旧女婿为新女婿，大姨夫作小姨夫"之语（或谓此为士拱辰事，待考）。后来的笔记小说，更敷衍成故事，流传甚广，竟有"先弄大蛇（姨），后弄小蛇"等猥戏之谈了。

美国的民族学家 L·H·摩尔根，曾在美国印第安人地区作过大量的实地调查，研究印第安人的亲属关系和姻亲制度，首先记述了至少四十个北美印第安部落的妻姊妹婚例。北美纳瓦霍印第安人有同时娶两个至三个姐妹为妻的，中国的独龙族人直至近代，在固定的通婚集团之内，几个姐妹可以共嫁一夫，当妻妹年纪还小时，未来的丈夫就送牲畜和刀、布作为定礼。

最后要说到著名的"陈平盗嫂"之事。《汉书》谓"人言陈平盗嫂"，不知是否即曾骂陈平"有叔如此不如无"的那位嫂子，若是，则她已被陈平之兄所遗弃，娶兄之弃妇，恐亦无悖于古义。《汉书》还载有人毁谤大臣直不疑"善盗嫂"，这也可算是与妻姊妹婚并行的"夫兄弟婚"的残余吧。

从恐怖到美

——白蛇故事的演变

蛇，是一种令人恐怖的生物。它那长长的扭曲的躯体，奇特的颜色和花纹，开叉的舌头和致命的毒液，还有那没有眼睑的、似乎具有催眠能力的眼睛，都给它带来极坏的名声。"毒如蛇蝎""蛇蝎心肠"等成语，是人们给它下的结论。

《圣经》中明确地说："上帝所造的，唯有蛇比田野一切的活物更狡猾。"就是蛇，引诱了人类的始祖违背主命，去偷吃禁果。蛇因此而受到上帝的咒诅，并跟人类世代为仇。可是，在公元二世纪时罗马帝国盛行的蛇派却将《圣经》的善恶观念颠倒过来，该派认为，名为索菲亚（智慧）的伊涌乃创造者，他利用蛇将诺斯（秘传救人真知）传给亚当和夏娃。蛇是善的灵根，是值得崇拜的圣物。

在中国的神话传说中也有这样的"蛇派"，把蛇看成是爱情和美的象征，那就是著名的《白蛇传》故事。《警世通言》卷二十八"白娘子永镇雷峰塔"无疑是自唐及明一直流传着的白蛇故事中最优秀的。它在几百年来粗糙、鄙陋的白蛇传说的基础上作了大量的加工，使白蛇故事产生质的变化。冯梦龙"点铁成金"的手段是高明的。

最早的白蛇故事是唐人传奇小说《白蛇记》(见《太平广记》卷四百五十八"李黄"条，云引自郑还古《博异志》。明陆楫等编《古今说海》题为《白蛇记》)，写李黄游长安，邂逅一位绰约有绝代之色的白衣美人，在她家里住了四天。家人闻到李黄有腥臊气，他也觉得自己身重头昏，便躺到床上，对妻子说："吾不起矣！"一边说话，一边觉得在被子底下的身体已逐渐消腐，家人揭被一看，但见一摊血水，还剩下一个人头。后来家人去寻那白衣美人的家，只有空园一所和皂荚树一棵。附近的人说，这里往往有巨白蛇在树，便无别物。唐人《白蛇记》并没有什么特色，只是一般的"物妖"恐怖故事而已。宋洪迈《夷坚志》戊集卷二"孙知县妻"条，载孙知县娶到一位颜色绝艳的素衣女郎，她每当洗澡时必施重帏蔽障，不许婢妾进来。孙多次问她的原因，女郎笑而不答。成夫妻十年后，一日孙喝醉了，戏窥她入浴，只见一条大白蛇蟠屈在澡盆内。急忙逃出来，不久便成疾而死。宋人邾经有杂剧《西湖三塔记》，今虽不存，内容当亦演白蛇故事。《清平山堂话本》也有《西湖三塔记》故事，写杭州有三个女妖精，为白蛇、乌鸡、獭所变化。白蛇专门化为白衣女子迷人，被迷的人不久便被白蛇命力士击死，再去迷别的人。后来被奚真人捉获，把三怪镇在三个石塔下面。

《警世通言》中的白蛇，却与以往传说中的大不相同了。她很有人情味，深深地爱着许宣，希望和他"共成百年姻眷，不枉天生一对"。尽管许宣被道士所骗，用神符来镇压白娘子，她还是一而再，再而三地要与他和好。最后她被法海擒住，她为自己辩解说："不想遇着许宣，春心荡漾，按纳不住，一时冒犯天条，却不会杀生害命。"从一个恐怖的神怪故事演变成美丽的爱情故事之后，《白蛇传》在这基础上逐渐充实定型了。清代有玉山主人改编的《雷峰塔奇传》以及黄图珌的《雷峰塔传奇》剧本，陈遇乾的《义妖传》弹词等。其中最为流行的是方成培的《雷峰塔》一剧，优美动人，富有神话色彩和深厚的人情味。剧中写女娘子聪明美丽，主动追求爱情，她既有不畏强暴的刚猛气质，又有温婉贞静的女性特色，可亲可爱，完全洗脱了话本小说中所带的"妖气"。近代京剧《金钵记》及据此改编的《白蛇传》中，白娘子的艺术形象更为丰满，她是争取爱情自由的叛逆女性，为得到真正幸福的婚姻生活，勇敢地对恶势力进行抗争。《白蛇传》已是家传户晓，优秀的传统剧目了。

有趣的是，白蛇精故事不但在中国，而且在欧亚各国都广泛流传。

日本寺尾善雄《来自中国的故事》中介绍说，江户时代的《雨月物语》中有篇"蛇性之淫"，写凶残淫荡的蛇精，为满足自己的性欲而杀害人命。古希腊故事中有美女蛇拉弥亚，她千方百计勾引哲学生里修斯，想把他吃掉。可是到了17世纪，罗伯特·伯顿的《忧郁的解剖》一书中，已把拉弥亚写成一位"悲哀的爱"的牺牲者了。19世纪英国大诗人济慈的名作《拉弥亚》，更把蛇精写成一位温柔美丽的女性，她勇敢地追求爱情，直到最后被专制势力毁灭为止。

无论是中国或是欧洲的蛇精，都经历着一个由丑恶变为美好的过程，这也反映了中西方人民追求爱与美的善良愿望吧！

爱盗妇女的猿精

其实，早在达尔文提出进化论之前，人们已直觉地认识到人类与猿猴的亲缘关系。动物园的饲养员早就发现，雄性猿猴会对妇女作出种种挑逗的表情和动作，甚至发生性兴奋，这实在使人感到难堪。而古今中外的传说中，猿猴常有劫取女人作为配偶的行为。法国哲学家伏尔泰的小说曾写到有个女子养了两只猴子作为情夫的故事，其旨虽在讽世，恐怕也不无事实根据。

中国神话传说中，猿猴掠取人间妇女为妻的故事，千百年来不绝于书，连各少数民族的传说中，也有相类的事。宋代话本小说有《陈巡检梅岭失妻记》，收进《喻世明言》卷二十，题为《陈从善梅岭失浑家》，其故事来源已久，最早见于汉代，焦延寿《易林·坤之剥》云："南山大玃，盗我媚妾。怯不敢逐，退然独宿。"玃，是一种大猴。晋张华《博物志》载，蜀山南高山上有猿猴，"伺行道妇女有好者，辄盗之以去，人不得知……取去为室家。其年少者，终身不得还"。这些猿猴和妇女交合有子，皆以"杨"为姓云云。《搜神记》亦有类似的记载。可想见传闻与实事是往往交叉在一起的。

发展到唐代，猿精故事竟成为人身攻击的武器，出现了中国历史上第一篇诬蔑小说《补江总白猿传》。写梁代大同末年将领欧阳纥率军南征，至平乐境。其妻纤白甚美，夜为白猿精劫走。欧阳纥非常愤痛，率兵入山，计杀白猿，解救被猿精逼胁同居的三十余名妇女，而其妻已有孕，后来生子，状貌如猿猴。据《直斋书录解题·小说类》载，欧阳纥是初唐大臣、书法家欧阳询之父。欧阳询生得面瘦而长，状如猕猴。当时同僚大臣长孙无忌曾作诗嘲戏他：

> 耸膊成山字，
>
> 埋肩不出头。
>
> 谁家麟阁上，
>
> 画此一猕猴？

《补江总白猿传》遂因其嘲广之，以实其事。题名"补白总"，意谓江总为欧阳纥之友，纥被陈武帝杀后，江总爱欧阳询聪悟，遂留养之，以免于难。江总备知其事，唯未作传叙述，所以"补"之。自此传出后，唐人小说，诬蔑成风，愈演愈烈了。

至于"陈从善梅岭失浑家"一文，虽自《白猿传》化出，然更加有地方色彩。陈从善实有其人，《广东通志》卷十六"职官表"载："陈辛，祥符人，知南恩州军州事。"陈辛字从善。《南雄府志》又载，梅岭下有白猿洞，广丈余，深百步许，昔有白猿居其间。白猿洞又名申阳洞。与唐人故事相比，陈从善故事少了些趣味性而多了些封建色彩。陈妻如春被猿精摄到洞中，誓死不从，被罚往山头挑水种花，保持了贞节。陈从善也得到有道高僧的帮助，又获紫阳真君相救，终于捉拿白猿押入天牢问罪，陈从善和他那三贞九烈的娘子大团圆了。有诗为证：

三年辛苦在申阳，

恩爱夫妻痛断肠。

终是妖邪难胜正，

贞名落得至今扬。

　　小说主题是阐扬宗教，表彰贞节，迂腐之气扑鼻。陈从善也是个窝囊废，妻子被劫后，一筹莫展，居然还有心思赶去赴任，当了三年清官，积了阴德，才遇和尚道士相助脱厄，比起欧阳纥手刃白猿的智勇来，就相形见绌了。20世纪90年代在某些地区里还流传着"大脚怪"抢夺妇女为妻之事，也许古代小说中的"猿精""大玃"就是当代科学家们千方百计去搜寻的"野人""雪人"吧。

这里没有爱情

——"三言""二拍"的男女关系

在这里，没有什么温情脉脉的爱恋，也没有什么深沉的哲学思辨，没有诗意，没有任何可称得上的高雅的东西。有的只是挑逗、诱惑，有的只是庸俗的色情和肉欲……这就是"三言""二拍"中大多数所谓"爱情"故事。

这些名篇，被选入《今古奇观》《古代白话短篇小说选》之类的普及读本中，因而为广大读者所熟知。《卖油郎独占花魁》《唐解元一笑姻缘》《蒋兴哥重会珍珠衫》等，所表现的只不过是"少女少郎，情色相当"的情色而已。"卖油郎"一文，更为近时论者所津津乐道，认为是表达了市民阶层的什么真挚的爱情。可是，卖油郎秦重心中的"爱情"，不过是原始的性欲罢了。作者是这样描述秦重如何"爱"上王美娘的："秦重定睛观之，此女容颜娇丽，体态轻盈，目所未睹，准准的呆了半晌，身子都酥麻了。"于是，便想，"我每日到她家卖油，莫说赚她利息，图个饱看那女娘一回，也是前生福份"。由"饱看"进一步便"发痴起来了"，道："人生一世，草生一秋。若得这等美人搂抱了睡一夜，死也甘心"。（秦重的想法，跟《醒世恒言》卷十六"陆五汉硬留合色鞋"中的奸骗杀人犯陆五汉的想法完全一样。陆五汉见了女子的小鞋，便马上想："这个小脚女子，必定是有颜色的。若得抱在身边睡一夜，也不枉此生。"）秦重一夜翻来覆去，只是牵挂着美人，哪里睡得着。作者小结说：

只因月貌花容，引起心猿意马。

这便是秦重"爱情"的基础。这个做小生意的卖油郎，千辛万苦凑足了十六两银，去交付"花魁娘子一夜歇钱"了。等到"夜来得亲近小娘子一夜，三生有幸，心满意足""已慰生平，岂敢又作痴想！"便断绝了再当嫖客的念头。若不是后来美娘遭到困辱，秦重救了她，两人是绝不可能结为夫妻的。作者欣赏的不是什么精神上的爱恋之情，而是卖油郎那种"低声下气，送暖偷寒，逢其所喜，避其所讳，以情恋情"的"帮衬"本领。

在《喻世明言》卷四"闲云庵阮三偿冤债"中，小姐玉兰所想的是："我若嫁得恁般风流子弟，也不枉一生夫妇。怎生得会他一面也好？"

于是便命丫鬟传递信物，相约幽会。而阮三为相思而成病，及得相见，"情兴酷浓，不顾了性命"，"顷刻魂归阴府"。《醒世恒言》卷二十八"吴衙内邻舟赴约"，写到吴衙内瞧见邻舟的女子，果然生得娇艳，"不觉魂飞神荡，恨不得就飞到她身边，搂在怀中。"而女子看见吴衙内这表人物，不觉动了私心，想道："这衙内果然风流俊雅，我若嫁得这等丈夫，便心满意足了。"以上所举的，还算是晚明小说中的佳作。至于"二拍"中有关男女之作，多为"亵秽不忍闻"者，作者津津有味地描写男女肉欲，如"乔兑换胡子宣淫，显报施卧师入定""西山观设辇度亡魂，开封府备棺迫活命""任君用恣乐深闺，杨太尉戏宫馆客"等作，一方面极力描写色情，一方面又进行封建说教和宣扬因果报应之类的迷信思想，比起"三言"中同类作品，更是等而下之了。《拍案惊奇》卷二十六"夺风情村妇捐躯，假天语幕僚断狱"，一开首就是"诗云"：

> 美色从来有杀机，
>
> 况同释子讲于飞！
>
> 色中饿鬼真罗刹，
>
> 血污游魂怎得归？

故事写几个和尚"淫亵不可名状"的事体，他们有"极淫毒的心性"，见到女子"正似老鼠走到猫口边，怎不动火"，为了争风吃醋，竟然互相残杀。《拍案惊奇》卷三十二"乔兑换胡子宣淫"，作者先声明人生世上"色"字最为要紧，劝说世人不要淫人妻女，积些阴德，而小说内容却极其不堪，写胡生和铁生，各有美貌妻子，心犹未足，整天思量去勾搭对方的妻子。

明代确有此末世颓风，冯梦龙、凌濛初也未能免俗了。

从爱妾换马谈到女人的价值

　　用自己最宠爱的侍妾，去换取一匹名马，这居然成为人们啧啧赞叹的事儿，实在使现代的人无法理解。《乐府解题》中提到古辞有《爱妾换马》篇，旧说淮南王所作，淮南王疑即刘安。辞今不传。此例一开，那些缺乏想象力的豪杰们便群起效尤。李冗《独异志》载："魏曹璋性偶傥，偶逢骏马，爱之，其主所惜也。璋曰：'予有美妾可换，惟君所选。'马主因指一妓，璋遂换之。"这位曹先生爱马甚于爱人，假使生在今天，定可参加防止虐畜会了。《异闻录》所载的又是另一件事：酒徒鲍生，多蓄声妓，他的外弟韦生，好乘骏马，平时各求所好，两不干扰。一日偶然相遇，不知为什么，鲍生却看中了韦生的"紫叱拨马"，便用一个擅长弹四弦琴的妾侍去换它。后世的文人墨客（包括梁简文帝这样的风流皇帝）纷纷以"爱妾换马"为题，摇头摆脑地歌颂那些不以美色为重的豪士，满以为这样江山便可以有救了。最令人难以理解的是连清净无为的出家人也未能免此。隋代常州弘业寺的大和尚法宣禅师就写过一首《爱妾换马》诗：

朱鬣饰金镳，

红妆束素腰。

似云来蹀躞，

如雪去飘飘。

桃花含浅汗，

柳叶带余娇。

骋先将独立，

双绝不俱摽。

　　自唐及清，爱妾换马已成为诗人习用的典故，每咏及"妾"时必然想到拿她去换一匹骏马，每谅及"马"时必然想到它的价值足抵一个漂亮的侍妾。马耶妾耶？呜呼！妾即马耶？

　　从中国传统的封建意识来说，女人是完全从属于男人的，像一般的财产一样随时可以贩卖或转赠他人。这非但不受到责难，反而可给主人带来豪迈慷慨的好名声。《喻世明言》卷六"葛令公生遣弄珠儿"，写的就是这种故事：梁朝的名将葛周，为中书令兼领节度使之职，镇守兖州。他姬妾众多，独宠爱一位"目如秋水，眉似远山"的弄珠儿。葛周的部下申徒泰，正当壮年慕色之际，见到弄珠儿，不觉三魂飘荡，七魄飞扬，目不转睛地呆看着，令公都晓得了，连声唤他，全不答应。后来申徒泰醒悟过来，大惊道："我这条性命，只在早晚，必定难保。"不久，命公选将兴师，叫申徒泰随行，与唐将李存璋大战，将败之际，申徒泰建议冲锋破阵，令公抚其背曰："我素知汝骁勇，能为我陷此阵否？"申徒泰掉刀上马，一个人便往敌军冲去，杀入阵中，斩了敌先锋沈祥，令公挥兵猛进，大获全胜。命公班师后，回家指着弄珠儿对众姬说："此番出师，全亏帐下一人力战成功，无物酬赏他，欲将此姬赠与为妻。"并赠与大笔妆奁，奏明朝廷升了申徒泰的官，弄珠儿便与申徒泰成了百年眷属。此事传出军中，军士们全都愿替令公出力尽死。

葛周，即葛从周，是梁太祖手下的大将，威名著于敌中，河北人语曰："山东一条葛，无事莫撩拨。"这样一条汉子，一心扑在功名富贵上，哪有半点温情脉脉的味儿呢。小说中也写道：弄珠儿此时也无可奈何，想着令公英雄性子，在儿女头上不十分留恋，叹了口气，只得罢了。可见这位"爱妾"也是了解他的为人的。

自然，世界上不爱马而爱美人的也不乏其人，即以马换爱妾者便是。

人们眼中的"蝴蝶梦"

"三言""二拍"中，最污浊和残忍的故事莫过于"庄子休鼓盆成大道"了。

庄周的"蝴蝶梦"故事是很有名的。在《庄子·内篇·齐物论》中有一段很精美的描述："昔者庄周梦为胡蝶，栩栩然胡蝶也。自喻适志与，不知周也；俄然觉，则蘧蘧然周也。不知周之梦为胡蝶与？胡蝶之梦为周与？周与胡蝶，则必有分矣。此之谓物化。"意说：从前庄周梦见自己变为翩翩飞舞的蝴蝶。到处自由自在地遨游，根本不知道自己就是庄周。不久醒来，却实在是庄周。不知道是庄周做梦化为蝴蝶呢，还是蝴蝶做梦变成庄周？庄周和蝴蝶必定是有所分别的。这就叫作"物化"。

庄子把人生看成是一场梦。"浮生"一词就是他老人家创造出来的。《庄子》一书中曾一百七十多次提到"死"。他一再说："方生方死""死生无变于己""死生命也""死生同状""其死若休""死生为昼夜""死生非远也""生有为死也"。他不畏惧死，把死亡看成是生的延续。从哲学上来说，庄子自有他独特的人生观，他怎样对待自己的死，是他自己的事，可是，他绝不应干涉别人的"生"。庄子有选择死的自由，别人也应有选择生的权利。

"庄子休鼓盆成大道"，见于《警世通言》卷二。故事的依据只是《庄子·外篇·至乐》中的一小段话："庄子妻死，惠子吊之，庄子则方箕踞鼓盆而歌。"惠子说："您跟妻子长期相处，她为您生儿育女，如今年老身死，您不哭也算了，干吗还要敲盆唱歌，岂不是太过份了？"庄子回答说："不是这样。当她刚死时，我自己怎能不悲伤呢？可是我想到：她本来是既没有生命，也没有形体和气息的，后来形成了生命，如今又变为死，这样生生死死恰如春夏秋冬四季运行一样。她安静地长休于天地之间，而我却在悲悲切切地啼哭，那就是不通达生命的道理了，所以我不再哭了。"很好，庄子把生命与自然融为一体，忘却死生之忧，以为生死不过是"气"的聚散而已。冯梦龙在《警世通言》中，把《庄子》故事加以发展，掺进了自己的庸俗的封建意识，创造出一个令人恶心的"庄子休"的形象。

我们看看小说中的庄子是如何设下圈套把他的妻子置之死地的：庄子在野外看到一位少妇，手执纨扇向一座新坟连搧不已，庄子怪而问之，妇人说丈夫临死时遗言：如要改嫁，须待坟土干后。庄子回家把这事对妻子田氏说了，田氏忿然作色，痛骂那寡妇没廉耻，便发誓说自己守一世也成。过了几天，庄子一病小起，田氏哭哭啼啼地表明心迹，"从一而终，誓无二志"。庄子死后七天，来了个"俊俏无双、风流第一"的楚王孙，田氏"动了怜爱之心"，不久"日渐情熟"，央求王孙的老仆"为媒说合"。新婚之夜，王孙突患心痛病，奄奄欲绝。老仆说主人此病，须吃新死人的脑髓，方能治好。田氏便亲自提斧，劈开庄子的棺材，谁知庄子却复活了。原来王孙和老仆都是庄子用分身隐形之法变化而成的。田氏自觉无颜，解开腰带，悬梁自缢了。庄子便"鼓盆而歌"，放一把火烧光屋宇，得大道成仙而去。

小说中庄子的做法是丑恶的。《唐语林》卷一记载过唐太宗的一件事：太宗认为尚书令史多有受贿赂的，便秘密地叫左右的人"以物遗之"，司门令史果然接受了一匹绢。太宗大怒，抓了命史准备杀死。大臣裴矩知道后，进谏说："陛下以物试之，遂行极法。诱人陷罪，非道德齐礼之义。"太宗很惭愧，便赦免了令史。小说中的庄子对他有"不贞"企图的妻子的惩罚是严酷的，他一再讽刺她、诱骗她、愚弄她，直到逼她上吊身死，然后敲着破瓦盆唱歌，可谓全无心肝了。

近世有学者提出："庄子休鼓盆成大道"的故事情节与法国启蒙文

学大师伏尔泰的《查第格》第二部分《鼻子》几乎一样（陈永昊《在比较中鉴别》）。主要表现在以下四点：第一，故事都是由一个新寡的少妇在故夫坟前的可笑行为引起的；第二，两位女主人公都在丈夫面前过火地斥骂想改嫁的寡妇，并竭力表白自己的忠贞；第三，两位男主人公对妻子满嘴的仁义道德都抱不信任的态度，为了试探她们是否言行一致，采用了自己假死和让有钱、漂亮的青年人来引诱妻子的办法；第四，两位女主人公都很快上当，并不惜以伤害故夫未寒的尸骨来讨好新欢。这位学者认为，小说"庄子休鼓盆成大道""并不是反对寡妇再嫁，而只是讽刺在这个问题上的言行不一致，从而反映了传统贞操观念的动摇""我们应该肯定它对明末社会风气的揭露和批判"。

这位学者的观点，笔者无论如何不能赞同。伏尔泰笔下的查第格，远比"庄子休"宽容，他非但没有逼死妻子，甚至也没有马上提出离婚。《查第格》的创作目的是讽刺，它是一篇哲理小说，而"庄子休"的目的是宣扬贞操观念，丑化再嫁的妇女，在小说中我们看到冯梦龙思想落后的一面。

比起《查第格》和"庄子休"的故事来，笔者更欣赏阿·法朗士（Anatole France）的文章《白扇夫人的故事》。20世纪初在法国出版了《中国故事》法译本，其中有庄周的"蝴蝶梦"故事。法朗士在《时报》上作文评介。作家用优美的文笔叙述说："宋国士人庄周，甚多智慧，他对世间一切易朽之物绝不动心，他不信永生，对于荣华富贵，全持逃避态度。一日，他信步游于南华之陂，见一新坟，于是他想起人类的命运。'呜呼，此人生之歧路也。人一旦逝去，则不复生矣。'庄周正思想间，见一年轻妇女，身穿孝服，手持白扇在搧新坟。他问其缘故，一老仆说：'这位少妇是吕夫人，她的丈夫名道，病死才十五日。生前夫妻恩爱无比，丈夫临终时她想一同死去。道说不可。妻子说：我只爱你一个，你死之后，我将永不嫁人。道说：夫人，你不要发誓，只要在我新坟风干之前仍然怀念我就可以了。吕夫人还是发下誓言。道死后三天，一个少年弟子来吊唁。彼此倾慕。吕夫人曾经有过誓言，所以才急于搧坟，欲其快干。'老仆说完后，庄周想到：'青春的岁月如此短暂，欲望之剑复加少男少女以双翼。无论如何，吕夫人是个诚信人，她不愿违背自己的誓言。'这很可以作为欧洲白种妇女的典范，值得学习。"（参考徐知免先生的译文）在法朗士笔下，这位夫死改嫁而又不愿违背誓言的少妇是位诚信的人，庄周是个通情达理的明哲之士。作家还认为这少妇可为现代妇女的典范，其胸襟境界与"庄子休鼓盆成大道"的作者相距真不可以道里计了。

"三言""二拍"在国外

"三言""二拍"，在有清一代被列为严禁之书，一再遭到查搜和毁版的厄运。康熙皇帝曾六次明令颁布禁止，甚至还立法规定，凡是刻印、出售、购买、阅读这类"小说淫词"的人，都要打一百大板，或是充军三千里、坐牢三年。结果，皇帝们"胜利"了。"三言""二拍"在清末终于失传，只有其中一小部分被保留在小说选本《今古奇观》里。

"礼失则求诸野""道不行，乘桴浮于海"，这正是古来知识分子的悲剧。多亏近代学者的努力，"三言""二拍"被重新发现，陆陆续续出版了，直到1983年9月，上海古籍出版社出版了章培恒整理的三十九卷本《二刻拍案惊奇》，"三言""二拍"总算以较完善的面目与读者见面了。

其中，《喻世明言》是在日本尊经阁、内阁文库发现的；《拍案惊奇》尚友堂本现藏日本广岛大学，乃系孤本；《二刻拍案惊奇》尚友堂本全书藏于日本内阁文库。中国的古典文学名著竟然要到日本去搜求，历史老人也太会开玩笑了。

据日本学者青木正儿说："三言""二拍"中有很有趣的故事，所以很早也为日本人所喜欢。在德川时代，《醒世恒书》《今古奇观》《西湖佳话》就有一部分被翻译着（《中国文学概说》）。日本汉学家冈田白驹编《小说精言》，于1743年刊行；又续编《小说奇言》，1753年刊行；冈田的学生泽田一斋，又编《小说粹言》于1758年刊行。这三部书合称日本"三言"，它的编目内容都选自中国的"三言""二拍"中。日本学者盐谷温称赞说："总之，白驹等人在当时就能进行着前人未曾着手的小说翻译工作，真的是破天荒的壮举。"（《中国文学概论讲话·附录》）此后，日本人还译有《劝惩绣像奇谈》《通俗醒世恒言》《通俗古今奇观》等，都是取材自"三言""二拍"的。

最有趣的是，《卖油郎独占花魁》一篇，尤为日人欣赏，竟有人把它演成四卷二册的《通俗赤绳奇缘》。改译者为近江赘世子。小说刊行于1761年。全书共分八回：一、莘瑶琴误落烟花；二、刘四妈演说从良；三、油人郎始坐痴想；四、王九妈周旋费计；五、王美娘醉谢帮衬；六、朱十老再收蟆蛉；七、吴公子大闹柳巷；八、卖油郎终占花魁。接着，又有"江东睡云庵主"译的《通俗绣像新裁绮史》也在原著的基础上大加发展，化成八回。最后一回回目为"玉垒转莘女遇爷娘，天连环秦郎继香火"。现代日本著名作家佐藤春夫，用流利的口语译出卖油郎故事，改名《如愿以偿》，他还有《植花翁》(即《灌园叟晚逢仙女》)等译作。此外，伊藤贵麿译有《长恨》(即《王娇鸾百年长恨》)、《李汧公》(即《李汧公穷邸遇侠客》)，今东光译有《抛珠》(即《杜十娘怒沉百宝箱》)。这些译作都大受日本人的欢迎。

"三言""二拍"的选本《今古奇观》，是最早介绍到欧洲的中国短篇小说集。德国大诗人席勒读到它后，马上给歌德写信说："对一个作家而言……埋头于风行一时的中国小说，可以说是一种恰当的消遣了"。请注意"风行一时"这四个字，可说明中国小说是如何受到欧洲读者欢迎的。1839年，法国巴维的《小说与故事》译文集，收了《灌园叟晚逢仙女》《李谪仙醉草吓蛮书》《俞伯牙摔琴谢知音》等小说。《今古奇观》中许多故事都有英文、德文等译本。欧洲人就是从这些书中逐渐了解中国和中国人的。

"三言""二拍"中的诗词

翻开"三言""二拍"，满篇都是"诗曰""诗云""有诗为证""听我四句口号"等。小说中插入诗词，可说是中国俗文学的一大特色。唐代的变文，往往通篇都是韵语，后世的弹词、宝卷，也是边说边唱的，不时来个"有诗为证"，让说书者喘一下气，调理一下神经，也让听众欣赏吟咏时美妙的腔调。

近世小说研究专家，对这类的"诗云"每持否定态度，认为诗中多是陈词滥调，毫无价值的套语。如果抽出小说中的诗词，孤立起看，确实如此。可是，研究家们却忘记了，小说也是口头文学，它要通过说书者的口传达给观众的，"有诗为证"，正投合了广大下层民众对"高雅"的韵文的渴慕心理。

《拍案惊奇》卷二十七"顾阿秀喜舍檀那物，崔俊臣巧会芙蓉屏"，一开头就是"诗曰"：

夫妻本是同林鸟，

大限来时各自飞。

若是遗珠还合浦，

却教拂拭更生辉。

中间又说："这个话本好听。看官，容小子慢慢敷演。先听《芙蓉屏歌》一篇，略见大意。歌云……。"及至写崔俊臣当了县尉，薛御史在高公的嘱托下破了顾阿秀一案，而崔还蒙在鼓里，小说便"有诗为证"：

堪笑聪明崔俊臣，

也应落难一时浑。

既然因画能追盗，

何不寻他题画人？

文中述到冤仇尽报，夫妇重圆，又有三首诗反复咏叹。这些诗歌，就诗论诗，并不高明，可是，它们与小说文字非常相称。说书人用短短的几句诗词，或作小结，或作伏笔，听众经此一强调，便增加了兴味，或产生悬念。诗词这种传统文化中最"高级"的部分，成为群众所能理解的东西，大家自然便听得津津有味了。

中国的传统诗词之所以能深入人心，这是与讲史者、说书者的辛勤劳动分不开的。一些唐、宋优秀作品，也被说书人引入小说中，广泛传播。如《警世通言》卷二十三"乐小舍拼生觅偶"，中就引用了近十首有关钱塘江潮的诗词，中如高景山和范学士的《水调歌头》词，也颇为不俗。《醒世恒言》卷十一"苏小妹三难新郎"中引李清照的《声声慢》词和朱淑真的诗，更是传世的佳作。小说中的诗词，用了大量通俗易懂的修辞手法，如比喻、夸张等，既揭出小说的主旨，也投合听众的审美趣味，起了提高文化修养、陶冶性情的作用。诗词还把人生哲理形象化、通俗化，如《醒世恒言》卷九"陈多寿生死夫妻"，诗云：

世事纷纷一局棋，

输赢未定两争持。

须臾局罢棋收去，

毕竟谁赢谁是输。

作者把棋局比喻世局，世局千腾万变，转眼皆空，恰如局散棋收，付之一笑。这正是封建社会中动乱时代人们心理状态的反映。这种末世士大夫的哲学思想已进入小市民的心中了。

总的来说，"有诗为证"是中国古代通俗小说的特色之一。这么一

"证"之下，故事所包含的道理便无可置疑，听众也获得了某种心理上的满足：他们感到自己也能接触并接受"高雅"的东西了。小说中的诗，越是通俗，越为广大读者所喜爱，则越是成功。

好了，要说到文人创作的高层次的小说了。举最受人赞美的《红楼梦》中的诗词来说吧。有人认为，《红楼梦》中的诗词，是"时代文化精神生活的反映"，"既继承了我国上起《诗经》《离骚》，下止唐诗、宋词、元曲的一切优良传统，又有自己的革新与创造，叙事、抒情两长，富有现实主义与浪漫主义的色彩，具有高度的思想性和艺术性"。是否真的这样，我们还需检验一下。《红楼梦》中的诗跟通俗小说中的"有诗为证"的诗不同，它是以"雅文学"的姿态出现的，近世"红学家"往往把它作为一个独立体去研究，把它作为中国古典诗歌之林中的奇葩去歌颂，去膜拜，这是颇值得诧异的事。就诗论诗，《红楼梦》中大多数诗词，内容狭隘，感情空泛，风格卑下，语言浮靡。无论从思想性和艺术性哪方面来说，都是第三流以下的劣作。

《红楼梦》中的诗，是作家为适应情节发展和人物塑造而制作的，是小说的有机组成部份。这些作品，出自大观园里一群十多岁的公子、小姐的"手笔"，从他们的生活经历、文化修养等方面来看，写出这样幼稚平庸的作品来，自然情有可原，无庸深讥。然而，正如茅盾先生所指出的："从前中国有些作家都喜欢在书中插进些诗歌酒令等等，无非要卖弄他有几首'好诗'，几条'好酒令'，曹雪芹于此也未能免俗。"《红楼梦》中的诗本身算不得好诗，配合全书也未见精彩。诗，是容不得平庸的，如果单独作为一种艺术品来说，是不成功的。

"三言""二拍"中的诗，是"成功"的，是因为它"俗"，我们不从纯诗的角度去评价它。《红楼梦》中的诗，是失败的，正因为它"雅"，作者是认认真真去创作它的，我们也得认认真真去评价它。最后，笔者郑重声明：《红楼梦》是一部伟大的小说，曹雪芹是一位伟大的小说家，说《红楼梦》中的诗是劣诗，绝无损于曹雪芹的伟大。

奇妙的回文

　　《醒世恒言》卷十一"苏小妹三难新郎"中，写到女才子苏小妹如何聪慧过人、博学强记。她既能诵出佛印禅师寄给东坡的怪诗，又能解析秦少游的叠字诗。小说中的回环叠字诗，是杂体诗中的一体。据《东坡问答录·坡妹与夫来往歌诗》记载，东坡还能"书字意成诗"。时辽国使者至，使者以能诗自矜。朝廷命东坡作陪，使者索赋诗。东坡说："赋诗易事，观书稍难耳。"因出《长亭诗》以示之。使者终日凝思，无法理解，极为惶愧，声书"自后不复言诗矣"。这诗载于宋桑世昌《回文类聚》中，题为《晚眺》诗。因其设想新奇，能启人神智，这种诗体又称"神智体"。东坡此诗，按照字形书写的特点，"以意写图，令人自悟"。它的读法是："长亭短景无人画，老大横拖瘦竹筇。回首断云斜日暮，曲江倒蘸侧山峰。"

　　尽管这类诗歌的作者用足心机，毕竟近于文字游戏，没有多大的文学价值，可以说是难能而不可贵。苏东坡是位聪明绝顶的大才人，他总要卖弄一下自己的智慧。他除了写作回文诗外，还制作了一些回文词，如《菩萨蛮·夏闺怨》：

> 柳庭风静人眠昼，
>
> 昼眠人静风庭柳。
>
> 香汗薄衫凉，
>
> 凉衫薄汗香。
>
> 手红冰碗藕，
>
> 藕碗冰红手。
>
> 郎笑藕丝长，
>
> 长丝藕笑郎。

回文，是中国诗歌特有的诗体，诗词字句回环往返，都能成义可诵。通常说的回文诗，主要是指可以倒读的诗篇。东坡这首《菩萨蛮》回文词，两句一组，下句为上句的倒读，这比起一般回文诗整首倒读的作法要容易些，因而对作者思想束缚也少些。一首好的回文诗词，除了在格律、内容、感情、意境等方面的要求外，还有一个特殊的条件，就是倒读后的文意应与原来的有所不同，这是比较难办到的。东坡的回文词中，如"邮便问人羞，羞人问便邮""颦浅念谁人，人谁念浅颦""楼上不宜秋，秋宜不上楼""归不恨开迟，迟开恨不归"等，下句补充发展了上句，故为妙构。

再看这首"夏闺怨"。上片写闺人昼寝的情景，下片写醒后的怨思。用意虽不甚深，词语清美可诵。"柳庭"二句，关键在一"静"字。上句云"风静"，下句云"人静"。风静时庭柳低垂，闺人困倦而眠；而当画眠正熟，清风又吹拂起庭柳了。同是写"静"，却从不同角度着笔。静中见动，动中有静，颇见巧思。三、四句，细写昼眠的人。风吹香汗，薄衫生凉；而在凉衫中又透出依微的汗香。变化在"薄衫"与"薄汗"二语，写衫之薄，点出"夏"意，写汗之薄，便有风韵，而以一"凉"字符串起，夏闺昼眠的形象自可想见。过片二句，是睡醒后的活动：她那红润的手儿持着盛了冰块和莲藕的玉碗，而这盛了冰块和莲藕的玉碗又冰了她那红润的手儿。上句的"冰"是名词，下句的"冰"作动词用。古人常在冬天凿冰藏于地窖，留待夏天解暑之用。杜甫《陪诸贵公子：丈八沟携妓纳凉》诗"公子调冰水，佳人雪藕丝"，写以冰水拌藕，犹本词"手红"二句意。"郎笑藕丝长，长丝藕笑郎"，收两句为全词之旨。"藕丝长"，象征着人的情意绵长。古乐府中，常以"藕"谐"偶"，以"丝"谐"思"，藕节同心，故亦象征情人的永好。《读曲歌》："思欢久，不爱独枝莲（怜），只惜同心藕（偶）。"自然，郎的笑是有调笑意味的，故闺人报以"长丝藕笑郎"之语。笑郎，大概是笑他的太不领情或是不识情趣吧。郎的情意不如藕丝之长，末句始露出"闺怨"本意。

有趣的"一七体"诗

《警世通言》卷十九"崔衙内白鹞招妖"里有九首"一七体"诗，分别歌咏"春""酒""山""松""庄""夏""月""色""风"等九种事物。这种诗体自一字至七字为句，各二句，共五十六字。另一体，其第一句作一句，共五十五字，是杂体诗中的一体，迹近文字游戏。

近年排印出版的《警世通言》各种版本中，每将三、四两句二字句误作一句。如咏《春》诗：

> 春，
> 春。
> 柳嫩，
> 花新。
> 梅谢粉，
> 草铺茵。
> 莺啼北里，
> 燕语南邻。

郊原嘶宝马，

紫陌广香轮。

日暖冰销水绿，

风和雨嫩烟轻。

东阁广排公子宴，

锦城多少赏花人。

　　流行版本将"柳嫩花新"并作一句，误。这"一七体"原出唐代，《唐诗纪事》卷三十九载，白居易分司东都时，群贤悉会于兴化亭送别，酒酣，各赋诗。其中王起赋"花"，李绅赋"月"，令狐楚赋"山"，元稹赋"茶"，魏扶赋"愁"，韦式赋"竹"，张籍赋"花"，范尧佐赋"书"。白居易最后赋"诗"，诗云：

诗，

绮美，

瑰奇。

明月夜，

落花时。

能助欢笑，

亦伤别离。

调清金石怨，

吟苦鬼神悲。

天下只应我爱，

世间唯有君知。

自从都尉别苏句，

便到司空送白辞。

　　此诗亦深婉可诵。其中六言二句"天下只应我爱，世间唯有君知"，可谓专于诗而迷于诗了。"一七体"诗，宋代谱为词，即以《一七令》为词牌名。《历代诗余》卷二十九收有魏扶和杨慎所作共三首，清代作者寥寥，亦无佳制可录了。

生动的民俗语词

　　泰纳在《英国文学史序言》中写道："一个作家只有表达整个民族和整个时代的生存方式，才能在自己的周围招致整个时代和整个民族的共同感情。""三言""二拍"正是这样的文学作品，它们之所以能成为全人类的文学，正是因为它们是真正的民族文学。

　　"三言""二拍"中生动地描述了中国自宋至明的民俗生活，创造出独具本民族特色的生活环境。这足够民俗学家去研究半辈子了。

　　这里先举出一些词语来看看吧：

　　"天啊！只道与你一竹竿到底，白头相守。"（《醒世恒言》卷三十五"徐老仆义愤成家"）"一竹竿到底"，意味着一辈子厮守着，也是女子"从一而终"的意思。《醒世恒言》卷五"大树坡义虎送亲"也写道："爹把孩儿从小许配勤家，一女不吃两家茶。"这在外国人看来，正是充满着"异国情调"的呢！

"七八个老妪丫鬟，扯耳朵，拽胳膊，好似六贼戏弥陀一般。"（《喻世明言》卷二十七"金玉奴棒打薄情郎"）六贼，本佛家语，指色、声、香、味、触、法这"六尘"。而弥陀是有道者，六贼戏之，毫不动心。在小说中真把佛典活用了，读来令人忍俊不禁。

　　"郭威看着李霸遇道：'你道我暗算你，这里比个大哥二哥！（《喻世明言》卷十七"史弘肇龙虎君臣会"）在中国传统社会中，大哥二哥是分得清清楚楚的，当个"大哥"，意味着一家之主，可不简单了。

　　在《醒世恒言》卷十六"陆五汉硬留五色鞋"写道："且说张荩幸喜皂隶们知他是有钞主儿，还打个出头棒子，不致十分伤损。"又，《喻世明言》卷四十"沈小霞相会出师表"写道："那人姓陆名炳，平时极敬重沈公的节气；况且又是属官，相处得好的，因此反加周全，好生打个出头棍儿，不甚利害。"这个"出头棒子""出头棍儿"，是刑法加上"关系学"的产物。如果犯人是行刑者的熟人，或先向衙役行贿，打棍子时便暗加照顾，将棍子的中部着肉，棍子上端着地，可以减轻犯人痛苦。

　　《拍案惊奇》卷十"韩秀才乘乱聘娇妻，吴太守怜才主姻簿"写道："为因点绣女结的亲，只得收了，回盘甚是整齐。"旧时约定行婚礼前，男家用盘迭首饰衣物往女家，俗称"行盘"；女家回礼，叫作"回盘"。类似这样的婚姻习俗，在小说中还有不少描写，辑起来也可成本小书了。

《醒世恒言》卷三十四"一文钱小隙造奇冤"写道："老娘人便看不像，却替老公争气。前门不进师姑，后门不进和尚；拳头上立得人起，臂膊上走得马过。"师姑，即尼姑。古时所谓"三姑六婆"之一，好管闲事，搅是搅非的人物。小说中这个"老娘"，自表贞洁，不与师姑和尚交往。由是可见明朝时下层人民对宗教的态度。

无巧不成书

　　《醒世恒言》卷三"卖油郎独占花魁"中有句名言："无巧不成话"，"话"，即"说话""话本"，即说书人所讲的故事。没有巧合的故事情节，也就不能成为说书的材料。"无巧不成话"一语，亦写作"无巧不成书"。如《醒世恒言》卷二十九"卢太学诗酒傲王侯"："自古道：无巧不成书。"

　　"巧"，最重要的是小说家的"巧思"。曲折离奇的故事情节，正是小市民们最欣赏的。多一点偶然性的东西，更能反映生活中的必然。寓真实于虚构中，寓深意于无理中，这是"三言""二拍"不少佳篇的特色。

　　《醒世恒言》卷三十三"十五贯戏言成巧祸"，特意标出一个"巧"字，最后反映出故事的复杂情节和许多偶然巧合的因素。小说所据宋人话本题作《错斩崔宁》，亦以一"错"字归纳文意。小说写一个官人刘贵，家中有妻子王氏和小娘子陈二姐。因时运不济，十分穷薄。丈人生日，刘贵与王氏往贺，借得十五贯钱作本钱。晚上刘贵带醉回家，怪二姐开门迟了，出戏言吓她说：因家里穷困，把她典与一个客人。并拿出十五贯钱作证明。二姐信以为真，当夜便偷偷出门，想回家告诉父母。路上遇到贩丝的商人崔宁，一起同行。不料刘贵在家被贼人杀死，偷走了十五贯钱。邻居发现刘贵死了，急忙来追赶二姐，连崔宁一起捉到官府里。崔宁身边刚好有十五贯钱，临安府尹认为人赃并获，众人也口口声声咬定二人是凶手。屈打成招，崔宁和二姐都被处以极刑。后来王氏被贼人掳去，当了押寨夫人，从贼人口中知道刘贵的死因，便到官府喊告，捉得贼人，伸雪了崔宁和二姐的冤屈。

小说的情节许多是巧合的：刘贵和王氏同到岳丈家，王氏却留下住了，只刘贵一人回来，这是一巧；刘贵喝醉了，才用戏言去吓二姐，这是二巧；二姐离开刘家，没把门关好，让贼人窜了进来，这是三巧；二姐清早出门，刚好遇上了崔宁，一男一女同路，这是四巧；崔宁身边带的钱恰好又是十五贯钱，这是五巧；王氏后来被杀夫的贼人掳去，得知真相，这是六巧。看起来，似乎这些"巧"促成了整个悲剧。可是，作者利用插话的方式，站出来愤慨地喊道：

> 这段冤枉，仔细可以推详出来。谁想问官糊涂，只图了事，不想棰楚之下，何求不得？冥冥之中，积了阴骘，远在儿孙近在身。他两个冤魂，也须放你不过。所以做官的，切不可率意断狱，任情用刑，也要求个公平明允。道不得个死者不

可复生，断者不可复续，可胜叹哉！

命关天！小说中的"巧"其实都可以推详出来的，造成二姐和崔宁冤狱的主要原因是昏官的率意断狱。无疑，作者对这点是有所认识的。但小说中又强调"戏言成巧祸"，认为"人情万端""世路崎岖"，"口舌从来是祸基"，从这也可以看到在封建专制下被扭曲了的心理。在古代众多的格言中，"慎言"尤为人们所留意。《周易·系辞》云："乱之所生也，则言语以为阶。"阶，台阶。犹言"媒介"。《孔子家语·观周》云："无多言，多言多败。"《意林》引《物理论》云："病从口入，患自口出。"此外，如"言多必失""隔墙有耳"等成语更是为人所熟知了。冯梦龙《喻世明言》卷二十六"沈小官一鸟害七命"写得更耸人听闻："口是祸之门，舌是斩身刀。"在中国两千多年黑暗的封建专制下，以上所举的都是至理名言。

悲剧需要巧思，喜剧尤其需要巧思。《醒世恒言》卷八"乔太守乱点鸳鸯谱"更是巧夺天工，广为人们传诵。小说通过离奇的"弟代姊嫁，姑伴嫂眠"的情节，阴差阳错地撮合了三对新人，把封建制度中神圣的婚姻大事视同儿戏，作者的目的是要说明"情在理中""事可权宜"的新的道德观念。小说中巧妙地安排了几件"悖理"的事：刘家因儿子刘璞得病，要冲喜，而孙家却怕刘璞病重，把儿子玉郎扮作女子代嫁，这是一巧；玉郎到刘家后，刘家却令女儿慧娘伴眠，成了好事，这是二巧；李都管偷听到秘密，去告诉原聘慧娘为媳妇的裴家，这是三巧；裴家去官府告状，卸得了玉郎原聘的女子为媳妇，这是四巧。作者称赞乔太守说："锦被一床遮尽丑，乔公不枉叫青天。"能"行方便"便是好官，乔太守的乱点鸳鸯谱正反映了下层市民的思想意识。

《警世通言》卷十一"苏知县罗衫再合"也是一个巧妙的故事。苏云夫妇乘船赴任，船公徐能见财起心，把苏云缚了投入河中。苏妻郑氏逃到尼庵，生了个孩子，把孩子弃在路边，留下罗衫金钗为信物。恰巧这孩子被徐能拾到，取名徐继祖，抚养成人。十九年后，徐继祖中进士，封监察御史，恰好郑氏前去告状，继祖见告的是自己"父亲"徐能，非常不安。苏云被投入河后，遭人救起，这时恰好父到徐继祖的同年林御史处告状。徐继祖又取出罗衫金钗等信物，认了生身父母，终于报了冤仇。小说中也是一连串的偶然和巧合，特别是安排杀人的强盗收养了被杀者的儿子，使得故事的情节更为曲折，具见作者的匠心。

李渔《李笠翁曲话》云："古人呼剧本为传奇者，因其事甚奇特，未经人见而传之，是以得名。可见非奇不传。新，即奇之别名也。"新奇的故事，更能耸动人心，呈现较大的艺术效果。

对对子杂谈

　　《醒世恒言》卷十一"苏小妹三难新郎"，写苏小妹与词人秦少游的婚事，全从对对子而来。少游慕小妹之才，趁小妹到岳庙烧香之机，打扮成游方道人模样，尾随而来，在殿左相遇。少游打个问讯道：

　　　　小姐有福有寿，愿发慈悲。

　　小妹应声答道：

　　　　道人何德何能，敢求施舍？

　　少游又问讯云：

　　　　愿小姐身如药树，百病不生。

　　小妹一头走，一头答应：

　　　　随道人口吐莲花，半文无舍。

少游直跟到轿前，又问讯云：

> 小娘子一天欢喜，如何撒手宝山？

小妹随口又答道：

> 风道人恁地贪痴，那得随身金穴？

少游见小妹应答如响，其才自不必言，择了吉日，亲往求亲。洞房花烛之夜，小妹又出难题，要新郎对对子：

> 闭门推出窗前月。

少游左思右想，不得其对，幸亏大舅子苏东坡帮忙，取砖片投向缸中，少游当下晓悟，遂援笔对云：

> 投石冲开水底天。

对对子是中国的土产。只有汉语这种奇特的"词根语"（即"孤立语"）才有可能产生如此美妙的对子。

记得1933年，陈寅恪先生在清华大学国文系任教，代拟入学考试国文题目，中有一"对对子"之题，上联为"孙行者"，想要应试者用"胡适之"来对它。因猢狲是猿猴，而"行者"与"适之"意义音韵都可相对。此题实出自苏东坡《赠虔州术士谢君》诗："前生恐是卢行者，后学过呼韩退之。"因"韩卢"为犬名，"行"与"退"皆步履进退的动词，"者"与"之"俱为虚字。

陈先生的题，本无可厚非，但却为"新派"学者指摘，成为"复古"的罪状。其实，陈先生学贯中西，深明文学发展的道理，他指出，对对子的方法，"其形式简单而含义丰富，又与华夏民族语言文学之特性有密切关系者"。"所对不逾十字，已能表现中国语文特性之多方面。"陈先生认为：对对子可以测验应试的人能否分别虚实字及其应用，能否分别平仄声，可以测验其读书之多少及语藏之贫富，可以测验其思想条理。

在20世纪80年代，重提这些"旧话"，难免有"保守""复辟"之嫌，其实，陈先生正是先知先觉者，他不过说早了几十年，便遭到流俗的讥笑。如今，随着当代科学技术的迅速发展，控制论、信息论、系统论这三大科学方法论也随之勃兴。尤其是系统论，与文学研究关系更为密切。系统论的整体性原则认为，世界是一个巨大组织，一切系统都是整体，而且整体大于部分的总和。系统中每一个要素的运动，均依赖和影响着其他要素的运动，并因此而在系统的整体中发挥作用。对对子，正是系统论的最生动的体现。一副好的对子，除了词类、声调的适当外，还要在意义上有正有反（两句意同或义近，称为"合掌对"，即对偶之下乘者。如《红楼梦》诗中的"玉是精神难比洁，雪为肌骨易销魂""毫端蕴秀临霜写，口角噙香对月吟"，皆是），最上乘的对子，其所表现的意义，能互相贯通，因得综合组织，另外产生一种新意义。这种意义不是显明于字句之上，而是可以想象得之，即所谓"言外之意"。如杜甫的"国破山河在，城春草木深"、黄庭坚的"春风春雨花经眼，江北江南水拍天"、陈师道的"九日清尊欺白发，十年为客负黄花"等，巧妙地把字词组合起来，产生一种深远的意境，形成一种氛围。这些"对子"的整体功能，其含义的深度和广度，断非其每字简单相加所能比拟的。

把对对子说是"复旧"，说是简单的语法练习，无疑是门外之谈。陈寅恪先生就能从"对子"这样的似乎早已凝固了的研究对象中，发掘出新的问题，找到新的审视角度，不能不令人赞叹。当时受到"既昧于世界学术之现状，复不识汉族语文之特性"的某些人士的讥弹，自然是不足为怪的了。

一位大学古汉语教师告诉笔者，说他讲授完"诗词格律"课后，效陈寅恪先生故智，命大学生们每人自作一副对子，竟无几人合格。这件事也许能给我们提供大学生语文水平的一些信息。笔者认为：大学生不妨对对子，作为古汉语基本功的一种练习，能对得合格的对子才算是取得研究古典文学和古汉语的资格。把这在私塾中训练蒙童的功课，放到大学中文系课程中，恐怕不算是苛求了吧！

"帮衬"解

　　粤人无不识"帮衬"一词。入商店买物，则曰："去帮衬商店。"购物出门，店主每曰："多谢帮衬。""今后多多帮衬。"《辞源》解释说：帮衬，即帮忙、赞助之意。明人袁于命《鹣鲽裘记·盟心》："翩云向感厚恩，自然极力帮衬，成此美事。"清人孔尚任《桃花扇·传歌》："只求杨老爷极力帮衬，成此好事。"可见"帮衬"原有成人之美的意思。《拍案惊奇》卷二十五"赵司户千里遗音，苏小娟一诗正果"云："官司每每如此，不是得个极大的情分，或是撞个极帮衬的人，方肯周全。"这里的"帮衬"，也是此意。

　　可是，在"三言""二拍"中，"帮衬"一词，另有新的用途，翻遍《辞源》《辞海》《中文大辞典》，也不见这个义项。《醒世恒言》卷三"卖油郎独占花魁"中说："子弟行中，有了潘安般貌，邓通般钱，自然上和下睦，做得烟花寨内的大王，鸳鸯会上的主盟。然虽如此，还有个两字经儿，叫作'帮衬'。'帮'者，如鞋之有帮；'衬'者，如衣之有衬。但凡做小娘（指妓女）的，有一分所长，得人衬贴，就当十分。若有短处，曲意替他遮护，更兼低声下气，送暖偷寒，逢其所喜，避其所讳，以情度情，岂有不爱之理。这叫作帮衬。风月场中，只有会帮衬的最讨便宜，无貌而有貌，无钱而有钱。"还说，李亚仙之所以爱恋郑元和，"只为郑元和识趣知情，善于帮衬，所以亚仙心中舍他不得"。故"帮衬"有遮护衬贴之意。如此云云，真令古来的经学大师、今日的训诂专家瞠目结舌。"帮衬"此义项，实应增补在各种大辞典中。《醒世恒言》卷十六"陆五汉硬留合色鞋"中写到，浪荡子张荩，因心中牵挂临街楼上泼残妆水的女子，在风月场中无心欢笑，同游的人对妓女娇娇、倩倩道："想是大爷怪你们不来帮衬，故此着恼。还不快奉杯酒儿下礼？"这儿的"帮衬"，则是女子去软媚讨好男子，可见得此词施于男女均可。《二刻拍案惊奇》卷四"青楼市探人踪，红花场假鬼闹"写得更清楚，妓女汤兴哥，成都"妓者为最"，"若是在行，论这些雏儿多不及一个汤兴哥，最是帮衬软款，有情亲热，也是行时过来的人"。陆澹安《小说词语汇释》以"凑趣"释之，则尚隔一层。

随着时代发展，词的含义也有所变化。清代的文学作品中，"帮衬"一词中卫护体贴之义已经消失，只余下"帮忙"之义，《儒林外史》《红楼梦》等小说中亦屡有此用法。到了现代，"帮衬"一词已不用于普通话中，仅在一些方言里还偶可见它的踪迹，而粤语中的"帮衬"，则专用在做生意的场合，用途虽广而用法则狭了。

妈爱钞

年少争夸风月，

场中波浪偏多。

有钱无貌意难和，

有貌无钱不可。

就是有钱有貌，

还须着意揣摩。

知情识趣俏哥哥，

此道谁人赛我！

　　《醒世恒言》卷三"卖油郎独占花魁"中，首先揭出这首《西江月》词，作为全文中"最要之论"。并引常言道："妓爱俏，妈爱钞。"以概括风月场中的世态。至于"常言"的上句，言不雅驯，非笔者所能道，故略而不论，而"妈爱钞"一语，似乎历百代而犹新，至今还被人们传诵。当然，语义随着社会的变化而发展，小说中的"妈"，是指鸨母，妓院中的统治者，而世人所说的"妈"，则包括一切可称之为妈的妈，如"亲妈""契妈""干妈""后妈""奶妈"以及"姨妈""姑妈""表舅妈"，等等。《喻世明言》卷十二"众名姬春风吊柳七"中，这句"常言"写成"小娘爱俏，鸨儿爱钞"，点明"鸨儿"，其普通意义则不如称"妈"了。

什么是"钞"？这还小懂？花花绿绿的一大把钞票便是。然而，在北宋初年，那些名姬的鸨儿想要"爱钞"，倒也是件难事。柳七，即宋代著名词人柳永，他是个浪荡的天才，恃才傲物，"没有一个人看得入眼，所以缙绅之门，绝不去走，文字之交，也没有人。终日只是穿花街，走柳巷，东京多少名妓，无不敬慕他，以得见为荣"。宋仁宗皇帝也知道他的名声，故意不给他官做，让柳永作个白衣卿相，风前月下填词。就是这个宋仁宗，在中国历史上第一次发行钞票。这种钞票称为"交子"。交子也是世界上最早的纸币。朝廷规定交子的行使区域只限于四川，而且有一定的流通期限，大抵是三年一界，界满后持旧交子换新交子。直到八十年后，即宋徽宗崇宁年间，才进行纸币制度改革，把"交子"改为"钱引"，并在全国流通。柳永和他的名姬、鸨儿，生活在东京（即今河南开封），也许一辈子都没见过现钞呢！

卖油郎可就不同了。据小说载，他生活在北、南宋之交的时代，遭遇兵灾，从开封逃到临安（今浙江杭州）。南宋是纸币广泛发展的时期，以"行在"临安为中心的东南地区，是当时经济最发达的地方。宋高宗南渡之初，因军费输送不便，便使商人以银钱换取"关子"，持关子即可以到杭州领钱或茶、盐、香货、钞引，这种"关子"是带有汇票性质的东西。后来临安府又发行"会子"，其面额有二百文、三百丈、五百丈和一贯（一千文）等几种。民间买卖田宅、马牛、舟车以及日常支付都可使用会子。会子成为南宋流通中最主要的货币。"妈爱钞"，那就是自然的了。

其实，这两句"常言"，主要说的还是明代的情况。无论北宋或南宋，纸币制度处在货币由铜向白银的推移过程中，一直就是一种过渡性的货币制度。"交子""钱引""关子""会于"，都经常贬值，钞票总不如白花花的银子好。可是，到了明朝，当过乞丐和僧人的皇帝朱元璋，却特别喜爱钞票，洪武八年（1375年），开始发行"大明宝钞"，建立以纸币为主的货币流通制度。为了维持纸币制度，政府采取强硬措施，停用铜钱，申严金银的禁令。明成祖更实行"户口食盐法"，命令成年人每月食盐一斤，纳钞一贯，以增加纸币的回笼。在这种情况下，"妈爱钞"，那就是必然的了。"三言""二拍"中，多次出现"钞"字，正是明代人思想、生活情况的反映。

李白的《吓蛮书》

　　《警世通言》第九卷，标目为"李谪仙醉草吓蛮书"。内容说唐玄宗时代渤海国派出使臣来到长安，呈上蕃书，但满朝文武无人能读。玄宗大怒，严旨切责。朝廷官员贺知章闻旨烦恼，回家将此事说与李白知道。李白因前些时上京应考，被丞相杨国忠侮辱，此时正住在贺家。听厂贺知章的诉说，便叫他不须忧虑，本人能懂得蕃书。贺知章立即举荐李白入朝。李白却要杨国忠捧砚，高力士脱靴，才肯开读蕃书。二人无奈只得依从。于是李白译出蕃书，才知内容是要唐朝天子献出高丽一百余城，否则起兵南下，武力相见。满朝文武听了，又是一个个束手无策。又亏得李白起草吓蛮书，吓退蕃使，蕃王不敢逞强，从此进贡不辍云云。

　　这故事自然全是虚构。当年的渤海国固然不敢如此狂妄，便是满朝文武，也何至于如此无能。李白醉草吓蛮书，却是流行已久，既在小说中出现，又在戏曲中传唱的知名故事。

　　查令存《李太白全集》是清代王琦注本，收集李白诗文最为完备。

其中并无所谓"吓蛮书"。不过影迹却还是有的，范传正在李白死后不久撰的《唐左拾遗翰林学士李公新墓碑》，便有"论当世务，草答蕃书，辩如悬河"这几句话；其后刘全白撰《唐故翰林学士李君碑记》，也有"天宝初，玄宗辟翰林侍诏，因为和蕃书"。两位都是宪宗时人，时距李白不久，他们的记载应该可信。

那么，李白果真写过"吓蛮书"了？

这又不然。第一，"答蕃书"和"吓蛮书"是完全不同的两回事。第二，即使是写了"答蕃书"，也并非了不起的事情，绝不像小说那样只有李白能写。第三，"答蕃书"的起草，也用不着使用外国文字，不通外交的人照样能够起草。

唐代人提到"蕃"，通常指的都是吐蕃，也就是文成公主和金城公主嫁去的地方，当时吐蕃强大，和唐帝国时战时和，两国使臣也常有来往。既有外交来往，自然也外交文书。所谓"答蕃书"者，不过是交给吐蕃的外交文书，彼此平等，并没有"吓"与"不吓"的问题。其次，唐代习惯称渤海国为北狄，称高丽、百济等为东夷，而称南诏、骠国、真腊等为南蛮（《新唐书》《旧唐书》都是这样）。因此，即使有给渤海国的外交文件，作"吓蛮书"也不准确。

李白曾写过"答蕃书"，是不是成为了不起的大事呢？

明人徐应秋《玉芝堂谈荟》卷五有一则记载，可以从旁回答这个问题。此文说，李揆因事到长安，先谒宗正李璆。适值李璆要起草《上尊号表》，李璆便请李揆执笔。李揆把表文写好，由李璆呈交御览。皇帝读了，大为赞赏。李璆奏称这是族人李揆代拟。皇帝即时召见，"试《紫丝盛露囊赋》《答吐蕃书》《代南越进白雉表》"。翌日，拜左拾遗。此文引自《前定录》，颇带有迷信色彩。但值得注意的，却是《答吐蕃书》竟是考试文字的一种，而不是正式外交文件。大抵当时朝廷为了测试士子的文才，常会提出"《答吐著书》《代拟南越进白雉表》"之类的题目，让士子作文章。因此，李白虽说曾撰写过《答蕃书》，恐怕也属于考试文章之类，并无实际价值。那么，现存《李太白全集》中没有保留这篇文章，也就无足为怪了。

草拟"答蕃书"这类外交文件，要不要用外国文字（或少数民族的文字）呢？也是不需要的。我们也可以找到证据。那就是唐德宗时宰相陆贽（世称陆宣公）《翰苑集》中的一篇文章。这篇文章题名为《赐吐蕃宰相尚结赞书》。文章不长，照抄如下：

朕自嗣膺宝位，即与赞普通知，以孰舅甥，结为邻援。

惩战争之弊，知礼让之风，彼此大同，务安众庶。乃于境上
建立坛场，契约至明，誓词至重，告于皇天后土，诸佛百神，
有渝此盟，殃及其国。朕敬奉诚约，分毫不移，信使交欢，
岁时无绝。理文具可以明征。

这是陆贽代德宗起草的写给吐蕃宰相的外交文书，它是用汉文写
的。至于翻译，当然另外有人，用不着翰林学士自己动手。

李白的所谓"醉草吓蛮书"，那事实的真相，大抵也是如此罢了。

敬惜字纸的种种报应

三十年前，读到王古鲁先生校注的《二刻拍案惊奇》，第一卷"进香客莽看金刚经，出狱僧巧完法会分"，一开头就引诗曰：

> 世间字纸藏经同，
>
> 见者须当付火中。
>
> 或置长流清净处，
>
> 自然福禄永无穷。

小说并指出："每见世间人，不以字纸为意，见有那残书废页，便将来包长包短，以致因而揩台抹桌，弃掷在地，扫置灰尘污秽中。如此作践，真是罪业深重。"可见敬惜字纸即敬惜书籍、敬惜文化。

宋人俞文豹《吹剑录外集》载有两则故事。其一说宋人臣王曾之父，"见破旧文籍，必加整缉，片言一字，不敢委弃。一夕，梦孔子曰：'汝敬吾书如此，吾遣曾参为汝子。'"因生子名曰曾。其二说建昌张介之子渊微，大魁天下，为正字官，见其仆每聚故字纸焚之，曰："恐为人践踏。"俞文豹还举出他母亲临终时诵曰："万般诸字文，即与藏经同。安在不净处，堕作厕中虫？"

《二刻》的作者为奉劝世人惜字纸，编出一段《金刚经》的故事。小说谓唐朝大诗人自居易曾发愿手写《金刚经》百卷，到明朝嘉靖年间，尚余一卷流传在苏州洞庭山某寺中，为镇寺之宝。几经灾劫，此卷犹得保全，是托了佛爷的福。如今印刷术发达，书籍数以百亿计，人们再也不提什么敬惜字纸了，笔者总希望，中国人尊重知识、尊重文化的传统能保持下来，不敬惜字纸，总是要得到报应的。

从"一着棋"谈起

年轻时读书，有两篇有关下棋的小说，给我留下极深刻的印象。一篇是奥地利作家茨威格的《象棋的故事》，另一篇就是《二刻拍案惊奇》卷二"小道人一着饶天下，女棋童两局注终身"。小道人云游四方，又得女国手为妻，佳话流传，令人艳羡。

下棋真是件奇妙的玩意儿。聪明绝世如苏东坡，也叹息说自己跟林逋一样，平生有"两不能"，就是"担屎与下棋"。可见造物于人，实有厚薄，是不可强求的。

中国最古老的棋类，当是围棋。据典籍记载，尧舜造围棋，以教愚子，虽未必可靠，但围棋在春秋战国时已大行其道，这是无疑的了。《左传》就有"弈者举棋不定，不胜其偶"之说；后汉马融《围棋赋》描述下棋的情况："三尺之局，为战斗场；陈士卒聚，两敌相当。怯者无功，贪者先亡，先据四道，守角依傍。"颇为生动。后来下棋似乎成了神仙和高士的专利，于是便有"烂柯"的传说，王质入信安山中石室，见二仙童对弈，看棋未终，所用的斧头木柄已朽烂，回到家中，已成隔世了。隐士清闲，常以下棋度日，诗人钦羡这种生活，便写进诗中："暗灯棋子落，残语酒瓶空。"（张祜《秋霁》）"老妻画纸为棋局，稚子敲针作钓钩。"（杜甫《江村》）"醉乡高窈窈，棋阵静愔愔。"（温庭筠《洞户》）"雨暗残灯棋散后，酒醒孤枕雁来初。"（杜牧《齐安郡晚秋》）下棋目的，是要一决胜负，苏东坡不懂棋艺，才会说出"胜固可欣，败亦可喜"的外行话来，下棋败方中，大多是忿忿不平要求再战的，可见棋之溺人者深矣！神童李泌的"棋对"："方若行义，圆若用智；动若骋材，静若得意。"可谓得棋艺之神了。

汉代还流行着一种"弹棋"。以玉、石为棋局，呈覆锅状，两人对局，白黑棋各六枚，先排列好棋阵，再以手弹之。至魏时敢用十六棋，唐代又增为二十四棋，可惜其术至宋已失传了。近年发掘的汉墓中，还有完整的弹棋局，后汉的蔡邕，魏的曹丕、丁廙，晋的夏侯惇都写过长篇的《弹棋赋》，据他们的描述，弹棋的形式颇似近代的桌球或康乐球。学者们如果能从考古实物和典籍记载中考究出弹棋之术，使这绝艺复兴，也许是个有益的工作吧。

当今世界上的棋类，有数百种之多。其中以国际象棋、中国象棋和围棋这三大棋类最为流行。现代电子技术的发展，竟制造出会下棋的机器人来了，幸亏机器人还要人去为它编定程序。棋类爱好者想到今后要跟机器对弈，而且注定败在它的"手"里，未始不令人丧气，但愿电子技术专家们不要干太多煞风景的事好了。

今后还会创造出更高级的新的棋类活动吗？肯定会。几千年来，各种棋类都是以平面为棋局的，棋子只能作纵横的走向，这很大程度上限制了人的思路。笔者认为，今后新型的棋类应向三维空间发展，未来的"棋盘"将是立体的，呈网络状，棋子可布置在表层，也可布置在内层。假如棋局是立方体的，那么，棋子可随其位置不同，有三向、四向、五向、六向的行走路线，由于棋势变化繁复，下棋者很可能要借助电子计算机思考路数和步法。由于有些棋子位在立方棋局的中心，难以用手去移动棋子，只好利用现代先进的科学技术，用电路来控制；而棋子的形式也将要改革，它不再用木头、象牙、塑料等制造，而采用光电形式显示，下棋者只按电钮便行了。走棋决胜的形式，也可采用"夺帅式"的（如象棋）、"包围式"的（如围棋）或"跳子式"的（如跳棋）等，这些设想，只好让真正的棋手和计算机设计家去实现了。

小时了了大应佳

《世说新语·言语》载了一则故事：东汉孔融十岁时，进谒大名士李膺，因他聪明伶俐，李膺和宾客都十分赏识，只有陈韪说："小时了了，大未必佳"。融便回答说："想君小时，必当了了。"弄得陈非常狼狈。"了了"，聪明懂事。此后陈韪的话便流传下来，人们更添油加醋，似乎小时聪明的人长大了都要成为笨蛋，得出"神童长大定不神"的结论，最有力的证据便是王安石的《伤仲永》。

神童毕竟是稀罕的，大多数人小时候并不那么了了，长大后功成名遂，或当大官，或发大财，冷眼看看小时候比自己了了的同辈，至今犹沉屈下位，一种自豪感油然而生，更认定"小时了了，大未必佳"是千真万确的了。

《二刻拍案惊奇》卷五"襄敏公元宵失子，十三郎五岁朝天"，写的是一则神童故事，内容原出于南宋岳珂《桯史》，所写的大概也是实事。神宗时大臣王韶的幼子王寀，年五岁，元夕时随家人观灯，被贼人偷偷背走。小孩发觉有异，先把自己的珠帽取下来放入怀内，后遇到宫里的车子，马上大声呼救。被带入宫中，得见皇帝，赐厌惊钱物巨万，护送归家。王寀的事迹，见于《宋史·王韶传》中，载他好学，工词晕，后登进士第，官校书郎，翰林学士，兵部侍郎。

我们把具有超常智力的人物称为天才。天才，仅仅意味着智力水平高，仅仅是一种潜力，而不是成就。天才人物早年的智力水平也很高，在少年时甚至婴幼儿时就已显示出来。但天才不一定有机会因成就而取得社会声望。有人认为，许多天才人物，由于他智力太高，与社会格格不入，有时甚至受到他人的冷落和敌视。天才人物通常都感到孤独，往往不能获得或容易失掉成功的机会，这就是"大未必佳"的缘由。有学者认为天才人物属于另一心理生物学种属，其与一般人差别，可与人和类人猿之间的区别相比。也有人认为天才与精神病密切相关，说天才与白痴只有一线之隔。美国作家法兰·爱德华写了本《异人》，记述了几十名天才的故事：法国有一精神失常的盲童法拉利，自幼在精神病院中生活，行为与动物无异，但他是速算的天才。一些数学家给他出了个题目：有六十四个木箱，如果在一个木箱中放入两倍于前一箱的小麦，到了最后一个箱子，应有多少小麦？他只用了三十秒便正确地计算出来了。18世纪末，瑞典有个叫葛菲曼特的低能儿，日常生活也不能自理，但他有非凡的绘画天才，三十岁时已名满欧洲。许多诗人、画家甚至哲学家，同也是精神病患者。近代伟大的哲学家尼采，他活了五十六岁，但他生命最后的十年是在疯狂中度过的。他大声疾呼：上帝死了！上帝自己也要受审判！在他的书中借一个疯子的口说了这类的离经叛道的话，他最终也成了疯子。就连《二刻》中的十三郎王寀，中年以后"忽感心疾"，也就是说精神病发作了。最后还被人诬陷，弄丢了性命。

然而，大多数天才是小时了了，大后尤佳的。F·高尔顿曾经指出：天才人物有突出的智力，热情和工作能力。天才儿童不仅智力水平高，而且在身体素质、情绪调节和社会适应等方面，亦优于一般儿童。担心天才儿童长大后失去其优越性是没有必要的。

对天才及其前途有各种不同甚至截然相反的说法。不过，《大不列颠百科全书》指出："天才与遗传和环境两者有关。天赋潜力能否开花结果，至少在某种程度上取决于机会和训练。"这个论述是比较易为人们接受的。

陈抟老祖其人其事

《喻世明言》卷十四"陈希夷四辞朝命"，写到一位半人半仙的"希夷先生陈抟"。俗说他很能睡觉，一觉睡了八百年。或说他睡时多，醒时少，寿止一百十八岁。有关他的传说，辑起来可以写成一本小书，千百年来，他被人们尊称为"陈抟老祖"，道教徒捧他做太上老君和张天师以后的道教至尊。这位神秘的人物到底是何许人也？

先说他出生，就已是非常怪异的了。《群谈采余》载，有个渔翁打鱼时网到一大肉球，带回家去准备煮来吃，忽然雷电绕室大震，渔翁惶骇，取出掷地，肉球迸裂，跳出个小孩子来。便随着渔翁姓陈。古时的名人，往往有"梦日入怀""异香满室""遥闻天乐"之类的表示出身高贵的象征，而我们的陈老祖却只是个肉团儿，可以推想他也许是个弃婴，被渔翁收养，后来"发"了，才造出这段神话来。

他是个聪明绝顶的孩子。《青琐高议》载他十五岁时，"诗、礼、书、数之书莫不考究"。他会写诗，后唐时考过进士，失意而仿道求仙。中年时过着飘泊的生活。六十岁后，隐居武当山，还壮心不息，曾写诗道：

> 万事若在手，
>
> 百年聊称情。
>
> 他时南面去，
>
> 记得此巖名。

这是货真价实的"反诗"。"万事在手"，意味着大权在握。"南面"，自有称王之意。他甚至说到出口，据元张辂《太华希夷志》载，陈抟一天拿着镜子，照了又照，叹口气说："非仙而即帝！"好家伙！不做神仙也要当皇帝，要么鱼与熊掌兼得。这个老头在五代的乱世中有此想法是不足为奇的，他亲眼见到那些走马灯般的小朝廷，什么朱温啦、石敬塘啦、刘知远啦，都是草莽之夫，乘时崛起，过过皇帝瘾，那么饱学之士陈抟干吗不成？周世宗也认为他"必有奇才远略"，曾召他到京师暗中监视，陈抟装痴卖呆，才被放归华山。

陈抟字图南，这个字颇了不得。源出《庄子·逍遥游》："有鸟焉，其名为鹏，背若太山，翼若垂天之云。抟扶摇羊角而上者九万里，绝云气，负青天，然后图南。"（有只鸟名叫大鹏，它的背像泰山，翅膀像展向天边的云，乘着旋风直上到九万里的高空，超绝云气，背负青天，然后向南飞翔。）果然，周世宗一死，他便乘着白骡子，率领了几百位恶少年，准备占据州县。途中听到赵匡胤做了皇帝，便大笑坠骡，说："天下于是定矣！"折回头去，从此隐居华山。他的大笑，是失望的笑，也是希望的笑。据说他曾为宋太祖出了"杯酒释兵权"的主意，实行中央集权，武人再不能发动政变，天下也就太平了。宋太宗时，他还两度入朝，提出"远近轻重"的治国方针。并解释说："远者远招贤士，近者近去佞臣，轻者轻赋万民，重者重赏三军。"由此可见其拨乱济世的槃槃大才。

最值得注意的是所谓《太极图》，相传此图传自陈抟。图中的大圆圈代表太极，它由阴阳（黑白）两部分组成，阴阳不是截然分开的，而是互为补充，互相消长，阴盛则阳消，阳盛则阴消。两个黑白小圈表示，阴中有阳、阳中有阴，阴自阳中发生，阳也自阴中发生。道家就这样解释世界的对立统一关系。丹麦核物理学家玻尔（Niels Henrik David Bohr）指出他著名的"互补原理"（即"拜协原理"）与中国"太极"的观点是一致的，当他被封为爵士时，就选择了太极图作为自己家族的纹章。更奇特的是，有人还在古太极图的基础上，运用控制论思想，用格雷控制编码盘整理成新太极图，人们惊讶地发现：新太极图竟是一幅遗传密码序列信息图。自然界生命延续的奥秘何以与古代哲理相暗合，真是个费解之谜。

陈抟还是位著名的气功大师。他的"睡"，实际是在练功。《坚瓠续集》载，周世宗会把陈抟关在房子里，一个月不给饮食，陈抟依旧沉沉大睡。他的"蛰龙法""胎息法"，都是练睡功，可以做到呼吸出入无息，心跳减缓，甚至六脉全无。真可与印度的瑜伽大师媲美。

揭开神秘的面纱，陈抟老祖就是这样一位历史人物。

焚躯与剪爪

《拍案惊奇》卷三十九"乔势天师禳旱魃，秉诚县命召甘霖"，是一篇破除迷信的迷信故事。小说写唐代晋阳县令狄维谦，因天旱而请天师祈雨，至期无效，狄遂杖杀天师。精诚感天，骤降大雨。

这故事出《剧谈录》(见《太平广记)卷三百九十六"狄惟谦"条)，《唐语林》卷一"政事"上亦有此条。均引诏书云："曝山椒之畏景，事等焚躯：起天际之油云，情同剪爪。"《拍案惊奇》有王古鲁先生的校注本，注释详明，然于"焚躯""剪爪"下无注，颇有遗憾。

风调雨顺，是人们美好的愿望。可惜的是，直到科学技术发达的今天，人类还无法按照自己的意愿呼风唤雨，古代的人在大自然的肆虐下就更是无能为力了。遭受旱灾时唯一的办法就是向天帝祈雨。

祈雨是一项重要的典礼，通常由巫师主持，《拍案惊奇》中写道："县令到祠请祈雨，天师传命：就于祠前设立小坛停当。天师同女巫……

一同上坛来。天师登位，敲动令牌；女巫将着九环单皮鼓，打的厮琅琅价响，烧了好几道符。"这段描写完全是祈雨的正格。下边还写道："天师就令女巫到民间，各处寻旱魃。但见民间有怀胎十月将足者，便道旱魃在腹内，要将药堕下他来。"道教仪式加上传统巫术，使祈雨之举染上了血腥味。

天要下雨，娘要出嫁，当然可以"由他去吧"，天不下雨，可就不能不管了。古代传说，商汤打败夏桀后，当了天下之主。七年不雨，商汤以身祷于桑林，"剪其发，割其爪，自以为牺牲"，向上天祈求下雨。近代的民俗学家考证说，商汤用头发和指甲来代替自己，献给上天，可知古时大旱祈雨，是要用人来作祭品的。还有，祈雨时要筑坛，举行"舞雩"的典礼，"燔柴以火祈水"。其实，燔柴最初是用于焚烧活人作牺牲的。《礼记·檀弓》就曾载，天久不雨，穆公想"暴尪""暴巫"祈雨，也就是想烤死瘸子和巫师。《搜神记》又载，谅辅为太守，天旱，辅"自曝中庭""乃积薪柴聚艾茅以自环，构火将自焚"。可见祈雨时"焚躯""剪爪"，史有明征，注者不宜略去。

"妖妇"唐赛儿

《拍案惊奇》卷三十一"何道士因术成奸，周经历因奸破贼"写的是明永乐年间山东唐赛儿"作乱"之事，文字颇为污秽，与正史亦多不合，且结局写唐赛儿醉后被面首萧韶所杀，尤为不堪之极。

唐赛儿是山东蒲台（今滨县）人。明惠帝建文元年（1399年）生于城西关大寺庙一户贫苦农民家中。蒲台是著名的武术之乡，其父为女儿取名"赛儿"，表达了生女胜于生男的心愿。赛儿自幼习武，后嫁给平民林三。她识字，能诵佛经。元末刘福通、徐寿辉曾利用白莲教号召起义，明代虽遭严禁，白莲教仍在民间秘密流行。唐赛儿自称"佛母"，在下层民众中宣传白莲教义，并诡言能知前后成败之事，拥有很多信徒。遭到官府的禁阻，赛儿遂率众反。

明成祖永乐十八年（1420年）初，唐赛儿率领部众开赴青州（今益都），驻于卸石棚寨大山中。二月十一日，正式宣布起事。她奉惠帝年号，可见民间中还是在怀念这位被篡位的建文皇帝的。唐赛儿得到莒州董彦杲、安丘宾鸿和赵婉等军的响应，发展到数万人。影响及于青、莱两府和莒州、胶州、安丘、寿光等九个州县。明成祖派安远侯柳升为总兵官前往镇压。唐赛儿遭人乞降，诈云："寨中食尽，且无水。"柳升连忙占据东门的汲水道，准备截击义军。当夜二更，唐赛儿率大军夜扑官军大营，统领刘忠被赛儿射死。黎明时柳升始发觉中计，慌忙回军，赛儿已遁回山中。

后来山东都指挥使卫青和指挥王真等率兵攻唐赛儿，在敌人强大兵力之下不敌，终于失败了。唐赛儿下落不明，传说她回到家乡蒲台，隐姓埋名，老于乡中。

唐赛儿的事迹，见于《万历野获编》《九朝野记》《通俗编》《明史纪事本末》等书，皆一致称她做"妖妇"。所谓"妖"，大抵有下列几种传说：一、唐赛儿丈夫死后，她祭墓回时，经山麓，见石隙露出石匣角，打开来看，原来中藏"天书"、宝剑。取书究习，遂通法术；二、唐赛儿削发为尼，诵佛经，自称"佛母"，能知过去未来之事；三、唐赛儿兵败被捕，"三木被体，铁钮系足"，饱受毒刑，但刑具忽然自行解脱，赛儿遂得遁去。这类记载，近代受过西洋科学教育的人，自然一律视为妄诞之言。但如今"特异功能"的研究正在盛行，又闻有人能"空中取物""意念杀人"，则《九朝野记》所载唐赛儿"欲衣食财货百物，随须以术运致"恐怕也非不可能的。赛儿被捕,"诣市临刑,刃不能入",也许是她练就"气功"之故。有友人曾言,古代宗教的创始人,大多数都具有特异功能。如道教的创始人张道陵、张鲁、张角等皆以符水治病。如果纯属骗局,当会很快被人戳穿,怎能在短期内招致百十万的狂信者呢?

唐赛儿起事虽然失败,但却获得下层民众对她的普遍敬仰。直到现在,在山东滨县、益都、沂源、淄博等地还流传着这位女英雄的许多传说,益都人还把义军根据地卸石棚寨称为唐赛儿寨。最妙的是,有一位署名"逸田叟"的落拓文人吕文兆,曾写了一部《女仙外史》大奇书,长达百回。以唐赛儿为嫦娥降世,故号"月君",而以古代女侠女仙鲍仙姑、曼师、聂隐娘、公孙大娘辅之。作者自己也进入书中,当了唐赛儿的军师。据平步青《霞外攟屑》考证,吕文兆作此书,是"为让皇帝(指建文帝)复仇雪愤",书中最后写到,明成祖在榆木川中,被女剑仙鲍芳以剑决其首。近人黄摩西《小说小话》大为赞叹,云:"即以成祖惨酷刑法,对待一辈靖难功臣,请君入瓮,痛快无似。"

明成祖大有其父朱元璋之风。唐赛儿兵败后,不知所终。成祖怕她削发混迹在女尼女道之中,遂命官吏:凡北京、山东境内尼及道姑,逮至京诘之。杀了不少枉死的女子。所以谷应泰《明史纪事本末》也叹息说："至于赛儿遁去，而燕、齐诸尼，并天下奉佛妇女，逮者几万人。犹之石闵戮羯部，多髯高鼻者并诛；袁绍斩宦官，面不生须者亦杀。玉石俱焚。"实在令人发指。

唐赛儿之后，白莲教还继续发展。明武宗正德年间，受罗教影响，白莲教奉"无生老母"为创世主，宣称弥勒佛下凡，将迷失在红尘中的人收回"真空家乡"。明代白莲教教派林立，名目繁多，甚至有些教派领袖勾结太监，把白莲教传入皇宫中。白莲教的发展，终于导致明末山东徐鸿儒的大起事。

《好了歌》的来龙去脉

　　《红楼梦》第一回"甄士隐梦幻识通灵，贾雨村风尘怀闺秀"，写到士隐贫病交攻，竟渐渐露出了那下世的光景来，一日拄了拐杖挣扎到街前，看到一个跛足道人，疯狂落拓，麻鞋鹑衣，口内念着几句言词道：

　　　　　　世人都晓神仙好，

　　　　　　惟有功名忘不了！

　　　　　　古今将相在何方，

　　　　　　荒冢一堆草没了。

　　　　　　世人都晓神仙好，

　　　　　　只有金银忘不了！

　　　　　　终朝只恨聚无多，

　　　　　　及到多时眼闭了！

　　　　　　……

　　这就是大名鼎鼎的《好了歌》。作者要说明，"世上万般，好便是了，了便是好；若不了，便不好；若要好，须是了。"故满口都是"好""了"二字。

这种"好""了"句式，也源于"三言"。《醒世恒言》卷十七"张孝基陈留认舅"入话中，写到一位老尚书的高论：

> 世人尽道读书好，
>
> 只恐读书读不了！
>
> 读书个个望公卿，
>
> 几人能向金阶走？

又，《喻世明言》卷十四"陈希夷四辞朝命"也写道：

> 人人尽说清闲好，
>
> 谁肯逢闲闲此身？
>
> 不是逢闲闲不得，
>
> 清闲岂是等闲人？

这种所谓的"出世"思想，在明代市民中颇为流行，这也是很可怪的现象。其实，这种"出世"，是粗俗的、浅薄的，并无深刻的哲学含义，它只不过是及时行乐的思想的侧面罢了。小市民们，做惯小本生意，安安稳稳地过日子，他们没有想到当王侯将相，自然不愿去认真读书，博个"学而优则仕"，要赚大钱么，也是不容易的，而且要担些风险。所以，"三言""二拍"中的一大群小市民们合唱道：

天上乌飞兔走，

人间古往今来。

昔年歌管变荒台，

转眼是非兴败。

须识闹中取静，

莫因乖过成呆。

不贪花酒不贪财，

一世无灾无害。

——《王娇鸾百年长恨》

《红楼梦》中的《好了歌》，也不见得如何高明，只不过是小市民意识加上些知识分子腔调而已。

梁武帝真能成佛？

《喻世明言》卷三十七"梁武帝累修归极乐"，是一篇冗长而又沉闷的故事。从梁武帝萧衍出生写到他发迹经过，最后写他被叛臣逼死，"功行已满，往西天极乐园去"。如果笔者是释迦牟尼，是断乎不准这个糊涂皇帝厕身极乐世界的。

梁武帝萧衍有一句名言，曰："自我得之，自我失之。"他是南朝梁代的开国皇帝，又一手导致梁朝的衰亡。多寿多辱，萧衍寿命长达八十六岁，在位长达四十八年。他文武全才，"六艺备闲，棋登逸品，阴阳纬候，卜筮占决，并悉称善"（《梁书·武帝纪》），既会写绮靡的诗歌，又能带兵打仗。得国后一段期间，梁朝吏治清明，人才辈出，国民经济得到迅速恢复和发展。本来，梁朝是可以统一天下，梁武帝是可以成为一代明主的，不过，他晚年腐朽昏庸，终于引起"侯景之乱"，繁华的建康城夷为废墟，富饶的江南"千里绝烟，人迹罕见，白骨成聚"，梁武帝饿死台城，梁王朝也就一蹶不振了。

对佛教的狂信，是梁武帝失国的一个重要原因。

"南朝四百八十寺，多少楼台烟雨中。"（杜牧《江南春绝句》）云"四百八十"，未如何据，然《南史·循吏列传》载梁郭祖深云："都下佛寺，五百余所，穷极宏丽"。光是京都建康就有五百余所规模巨大的寺院，全国更是难计其数了。有些寺院是由皇帝亲自"敕建"的，如大爱敬寺、同泰寺、大智度寺院等，殿宇巍峨，僧徒众多。不少寺院都建有巨大的佛像，铸银鎏金，耗费了大量的贵重金属。如同泰寺的十方金铜像、十方银像就是梁武帝"敕造"的。寺院的僧徒，不事生产，光是京城，"僧尼十余万，资产丰沃""家家斋戒，人人忏礼，不务农桑，空谈彼岸。"（《南史·循吏列传》）举国崇佛，如醉如狂。

梁武帝还经常组织大规模的佛教活动，举办法会。史载，他召集了僧、尼、善男子、善女子等"四部"无遮大会，人数多达数万人，他还做斋作忏，什么水陆大斋、盂兰盆斋，大般若忏、金刚般若忏等，花费许多人力物力。梁武帝甚至亲自登坛演说，讲《大般若涅槃经》《金字三慧经》的真义。他甚至亲自撰写佛学著作，卷不辍手，常至深夜，著述多达数百卷，如《制旨大涅槃经讲疏》就有一百零一卷，《大品注解》就有五十卷。他还邀请外国僧人来华讲学译述。如扶南沙门曼陀罗、僧迦提婆、优禅尼曾人赵谛都受到梁武帝的礼遇。

梁武帝作了三次有声有色的演出。一次是大通元年（527年），时年六十四岁。第二次是中大通元年（529年）。第三次是太清元年（547年），梁武帝已是八十四岁高龄了。他舍身入寺，去当佛爷的奴隶，而群臣却要搜刮"钱一亿万奉赎"他回宫。每次他都假惺惺地说要舍弃帝位，一意事佛，每次都被无限忠于"皇帝菩萨"的臣子赎回，同泰寺的僧人却白得了四万万钱。

梁武帝这个虔诚的佛教信徒，尽管他在各次战争中使无数兵民丧生，而他自己本人却是连蚂蚁也不愿踩死一只的。他按照自己定下的规矩，长斋素食，禁止杀生。他说："众生所以不可杀生，凡一众生，具八万户虫，经亦说有八十亿万户虫，若断一众生命，即是断八万户虫命。"（《与周舍论断肉敕》）他每天吃一顿菜羹粗米饭，即使在朝廷大宴会上也只许用蔬菜，不得食肉。本来佛教《十诵律》中是允许僧人吃"三净肉"的，即"不见""不闻""不疑"之肉，即没有看见、没有听闻和没有怀疑是杀生的三种肉，而梁武帝更发展了佛教的戒律，改为禁吃一切肉，并严厉处罚吃肉的僧人。自梁武帝提倡后，汉僧再也不能饮酒食肉了。

梁武帝晚年时犯下最大一宗错误，就是接纳魏降将侯景。他贪得河南土地，纳景降后，与东魏交兵，大败，亡失士卒数万人。侯景率败兵八百人南逃，夺取梁寿阳城，勾结梁武帝侄子萧正德，攻进建康，梁武帝忧愤成疾，七日不进饮食，口渴求蜜水不得，喉头发出"荷——荷——"的响声而死。

最后我们还是摘录几首梁武帝的诗歌，看看他是否有资格进入极乐国：

> 恃爱如欲进，
> 含羞未肯前。
> 朱口发皓歌，
> 玉指弄娇弦。
>
> ——《子夜歌》

> 绣带合欢结，
> 锦衣连理文。
> 怀情入夜月，
> 含笑出朝云。
>
> ——《秋歌》

投胎与三生石

　　小时候听人家说，人死了会变鬼，鬼又能轮回转世，重新做人。村口的大榕树，就有许多鬼魂伏在树根上，等待阎罗王点名投胎。稍大点儿，会看《水浒传》和"三言""二拍"之类的小说了，便知道英雄人物被杀之前，多要喊句"二十年后又是一条好汉"的，他明白自己将会死而不死，二十年后又要在人世间重新干一番大事。长大了，读书多点了，才知道这生死轮回之说，原来是进口的洋货色。古代印度婆罗门教认为，一切众生，都在"三界""六道"的生死世界中，如车轮般循环不已。佛教沿袭了这一教义而加以发展，提出这个主张：贫贱的人今生积"善德"，来世即可生为富贵的人；而富贵的人今生有"恶行"，来世即可变为贫贱的人，甚至坠入地狱，万劫不得翻身。这类胡言乱语，即使是一些经常焚香礼佛寻求庇佑的善男信女，也不会真的相信它了。

　　"三言""二拍"中，有关因果报应的故事实在不少，多是宣传善有善报、恶有恶报的教条，读之无味，而《喻世明言》中有段有关和尚投胎的故事，写来却娓娓可听，颇能发人深省。

苏东坡是个大名人。小说家之流断言，苏东坡前身是五祖山戒禅师，后身是妙喜上人。甚至还造出这样的传说：东坡一天到寿星寺中，忽然大悟，对客说："我前生是这寺里的和尚，记得山下到忏堂，共有九十二级台阶。"（见《扪虱新话》卷十五）最可笑的还是《春渚纪闻》的记载：东坡前生是五戒和尚，黄山谷前生是个女子。山谷被贬到涪陵，梦见一女子说："我生前常诵《法华经》，得投生为男子，我就是你的前身。你之所以患臭狐，原因是我的棺木朽烂，有蚂蚁穴居在我的腋下。我的墓在房子后山某处，请你为我除去蚂蚁窝。"黄山谷醒来，马上去发掘她的坟墓，换过新的棺材。果然，自己的臭狐就不药而除了。古人相信人死后投胎之说，苏东坡这位大名人，佛教徒扯他去做前世和尚，道教徒又扯他去做天上的奎宿。怪不得褚人获《坚瓠集》有诗嘲笑说："大苏死去忙不彻，三教九流都扯拽。"成了文坛的话柄了。

《喻世明言》卷三十"明悟禅师赶五戒"，更把大苏的传说演化为完整的故事。入话中引一段奇文，叫作"三生相会"。写唐朝有个饱学之士李源，退居不仕，与慧林寺僧圆泽为友。圆泽临卒，约李源十二年后到杭州天竺寺相见。十二年后，李源依约前往，见一牧童，年约十二三岁，骑牛高歌：

三生石上旧精魂，

赏月吟风不要论。

惭愧情人远相访，

此身虽异性常存。

小童歌毕而去。李源不胜惆怅，坐石上久之。后问于僧人，僧人说："这石头就是葛稚川（即葛洪）石。"后人因称此为"三生石"。又引瞿佑诗云：

清波下映紫裀鲜，

邂逅相逢峡口船。

身后身前多少事？

三生石上说姻缘。

又引王圻诗云：

处世分明一梦魂，

身前身后孰能论？

夕阳山下三生石，

遗得荒唐迹常存。

可怜世人，明知"三生石"是荒唐无稽之言，还要作出许多故事来。把过去、现在、未来纳入统一体中，超越了通常的时间观念，使生命体永远延续下去，这也许是东方古代哲学家最美妙的梦想吧。佛教哲学认为，我们用来描述自然的所有概念都是有限的，它们并不是实在的性质。过去、现在、未来，具体的空间，只是思维的形式，由人们头脑构造出来的。然而，令人惊讶的是，现代西方的物理学家居然也接受了这种观念。他们宣称：空间与时间是不可分割地联系在一起的。没有离开时间的空间，也没有离开空间的时间，今后空间和时间本身是注定要消退成影子的。现在的人，可通过"四维空间"，到达过去和未来。这已是科学幻想小说的范畴了。让现代物理学家从"三生石"的故事中汲取灵感吧！

预言家袁天罡及其《推背图》

　　唐朝的袁天罡是位奇人。《喻世明言》卷五"穷马周遭际卖䭔媪"载：神相袁天罡，一日在街上看到坐店卖䭔的寡妇王媪，大惊叹道："此媪面如满月，唇若红莲，声响神清，山根不断，乃大贵之相，他日定为一品夫人，如何屈居此地？"后来这位王媪结识了穷汉马周，认为他"前程远大，宜择高枝栖止，以图上进"，把马周介绍给中郎将常何。马为常何写奏章，被皇帝赏识，封了官职，一直做到吏部尚书。王媪嫁了马周，也当了一品夫人。有关袁天罡的传说甚多，最神奇不过的就是《推背图》之事了。

　　《宋史·艺文志》有《推背图》一卷，不著撰人。相传为唐代预言家袁天罡与李淳风共作图谶，预言历代变革之事，至六十图，袁推李背止之。大概是不欲泄漏太多的"天机"吧。《推背图》预测未来千百年之事，最能蛊惑人心，语句又是五七言韵文，易诵易记，便于流传。宋太祖即位后，下诏禁止谶书，但因《推背图》已流传数百年，民间多有藏本，不可能禁绝，于是取来旧本，混乱其次序，还加上新内容，使传者不知真伪。自此以后，此图在民间便销声匿迹了。

可是，到了清代中期以后，《推背图》又重新流行起来。笔者在中山大学图书馆善本室见到清代抄本《推背图》一卷，计六十幅图，每图有一谶一颂。从第一幅到第三十九幅，说的是唐代至清代所发生的重大事件，真是"灵验之至"，第三十八幅，绘一人执斧，旁有八面旗帜。诗曰："有一真人坐中土，治化何须用军伍。天下钟声一时鸣，众臣扶主登九五。"图中的八面旗，指清人的八旗，诗意说的是清朝皇帝是真命天子。第三十九幅，绘一金甲大将，执剑怒击倒卧在地的人。诗曰："身着霞光五色裳，鼠子无情又作狂。未曾踏得王清路，不觉杀身天灭亡。"这首诗当写清朝镇压农民起义。从第四十幅起，以下的就不知所谓了。可是，到了民国初年坊间印刷的《推背图》中，图的画面和歌谣的内容都有很大的改动。第三十四图诗曰："太平又见血花飞，五色章成里外衣。洪水滔天苗不秀，中原曾见梦全非。"当指太平天国事。三十五图诗曰："黑云黯黯自西来，帝子临河筑金台。南有兵戎北有火，中兴曾见有奇才。"当指西方侵略者入侵之事。三十六图诗云："双拳旋转乾坤，海内无端不靖。母子不分先后，西望长安入观。"当指慈禧太后及光绪之事。三十七图云："水清终有竭，倒戈逢八月。海内竟无主，半凶还半吉。"当指辛亥革命事。

由此可见，《推背图》是在不断地修改着，一些别有用心的人，把它修改得适合于某种需要（政治方面的或是迷信方面的）。民国初年《推背图》第三十八图诗曰："门外一鹿，群雄争逐，劫及鸢鱼，水深火热。"第三十九图诗曰："鸟无足，山有月。旭初升，人都哭。"第四十图诗曰："一口东来气太骄，脚下无履首无毛。若逢木子冰霜涣，生我者猴死我雕。"从这些所谓的"预言"中，可看到制作预言的人对革命的恐惧。由于这些谣谶若明若暗，隐晦难测，故更容易被人利用曲解，在非常时期尤其如此。

与《推背图》齐名的还有所谓的《刘伯温烧饼歌》。据说一天明太祖在吃烧饼，召刘基（字伯温）进见，预言未来千年之事。清末坊间流传的《烧饼歌》，上半亦句句灵验，一直写到光绪年间："火烧鼠牛犹自可，虎入泥窝无处藏，草头家上十口女，又抱孩儿作主张。"指洋兵入侵，慈禧与光绪逃难之事。下边还写道："二四八旗难蔽日，辽阳思念旧家乡。东拜斗，西拜旗；南逐鹿，北逐狮，分南分北分东西。"甚至还有"手执钢刀九十九，杀尽胡人方罢休"之语。可见这《烧饼歌》也是清末民间改定的，可能还被一些帮会利用为反清的工具，又如姜太公《乾坤万年歌》，中有"十八孩儿跳出来，苍生方得苏危困"之句，"十八孩儿"，指李自成。在"预言"中赞美农民起义领袖，制作者的政治目的不问可知了。流传的预言书还有《周吕望万年歌》《宋邵康节梅花诗》《蜀汉诸葛亮马前歌》《黄蘗禅诗》《唐李淳风藏头诗》等。下边摘录一段《藏头歌》，预言的是明末以后的事：

淳风曰："天意如是。斯时人皆得志，混世魔王出焉。一马常在门中，弓长不肯解弓，杀人其势汹汹。其时文士家中坐，武将不领人。越数年，乃丧国家。有八旗常在身之主出焉。人皆口内生火，手上走马，头上生花，衣皆两截，天下几非人类矣。越二百余年，又有混世魔王出焉，头上生黄毛，目中长流水，口内食人肉，于是人马东西走，苦死中原人，若非真主生于红雁之中，木子作将，廿口作臣，天下人民尚有存者哉！然八十年后，魔王遍地，殃星满天，有之者有，无之者无，金银随水去，土木了无人。不幸带幸，亡来又有金。越数年，人皆头顶五八之帽，身穿天之衣，而人类又无矣。幸有小天罡下界，扫除海内而太平焉。"

真是一派胡言！解者谓门中马指李闯王，弓长指张献忠。八旗谓清兵。但从"天下几非人类矣"一句中，也可知制作者的反清思想。这类的"预言"，在政治动乱的时代更为流行，它投合了某些人的迷信思想和冀幸心理。谣言谶语的出现和流传，是动乱社会中的怪现象，近世学人，或视其为迷信鄙事，避而不谈，这也是一种偏见，如果我们能从人类学、社会学、民俗学等方面综合研究这些资料，也许不无意义吧。

炼金和骗术

  黄金，世界上最神奇美妙的金属，使亿万人疯魔的金属，值得为它写上一千首颂歌的金属，应该给予它一万句诅咒的金属。在人们对黄金的渴求的驱使下，炼金术出现了。术士们用尽种种方法，谋求将一般金属转变为贵金属。中国的炼金术是炼丹术中的一个重要组成部分，称为"黄白术"，黄者，黄金；白者，白银。方士们用丹砂、水银、铅、雄黄等为原料，在丹炉中炼成金丹。金丹的妙用，既可以便人服之长生不老，又可以点铁成金，富贵长生，这是道教的最高理想。《拍案惊奇》卷十八"丹客半黍九还，富翁千金一笑"写的便是这样的一个炼丹故事。

  据中国古代文献记载，最早寻求丹药的，是战国时期的燕王和荆（楚）王。汉代的炼金术已相当发达，汉景帝中元六年（前144年）颁布"伪黄金弃市律"，可见假金已在全国范围流通，制造和使用伪黄金要处以重罚。汉武帝是炼丹术的狂信者，方士李少君对他说，用丹砂可制金，以金制饮食器皿，用之可寿比黄帝，与蓬莱仙人相会。淮南王刘安招方士数千人，"煎沙成金，凝铅成银，水炼八石，飞腾流珠。"术士们把丹砂、水银和铅等杂七杂八的东西放到丹炉中冶炼，制炼出来的金称做"药金"，这些假金甚至被皇帝用来赏赐臣下。《旧唐书·孟诜传》载，孟诜在人家见到敕赐金，便说："此药金也。若烧火其上，当有五色气。"药金，大概是有黄金色泽的一些合金。

在外国，炼金术同样盛行。远在公元前一千年左右的古老的印度宗教文献《吠陀》中，就对黄金和长寿之间的联系有所论述。佛经中也有把普通金属转变成黄金的想法。公元8世纪时，炼金术已流行全印度。古希腊的炼金术也非常发达，约在公元1世纪，术士们已开始活动，他们认为一般金属经由死亡、复活、完善而变为黄金。公元4世纪时佐西莫斯编纂了一部炼金术的巨著。阿拉伯炼金术是在古中国和古希腊炼金术的影响下发展起来的，在公元9、10世纪时臻于极盛。术士们试图通过"哲人石"的催化作用制取黄金。美国约翰生《中国炼丹术考》一书中介绍说，"一种名叫哲人石的东西，有却病延年的功效"。这种哲人石相当于中国的"九转金丹"。荷兰都氏（Hollan dus）在他的 *Opus Saturni* 上说："若以麦粒大小的哲人石一颗放置酒中，然后使病人服下，则此酒之作用，可以渗入心脏，再发散于全部体液之中。病人在发汗之后，即可痊愈，并且较以前尤强壮愉快。若此药每九日一服，则病人将不复思己为人类，而羽化登仙。"这种哲人石既能点铁成金，又能使人成仙，真是妙不可言了。波斯名医阿尔—拉齐，写下了大量炼金术著作，其中以《秘密的秘密》最为著名，书中阐述了哲人石的制作方法及注意事项，对西方的炼金术起了很大的影响。

中世纪时炼金术风靡了整个欧洲。不少学者投入制金的研究中，作了大量的实验。阿柏塔·马格那（Albertur Magnus）所著的《炼丹术小书》中指出，炼丹要有八个条件。其中有：不能将煅烧的结果泄漏外人；要住在一所秘室之内，与外界隔绝；当进行研末、升华、固定、气化、煅烧、溶解、蒸馏、凝固时，要依照固定的规则，等等。但也有一些有识之士鄙弃这种追求黄金的疯狂勾当，但丁《神曲》就把炼丹术士放到第八层地狱的第十级中。

炼金术使人发狂。古今中外，上至王公贵族，下至贩夫走卒，无不孜孜以求，连世界上最伟大的天才牛顿也一度醉心于炼金术中。然而，所有的炼金实验都失败了，真正的黄金始终没有制炼出来，但炼金术却产生了不可估量的影响，它开了近代科学的先河，为之积累了大量的知识，并发展出现代化学的先进技术，这是炼金术士们始料不及的。还值得注意的是，虽然现代科学已证明化学方法制金是不可能的，但直到20世纪80年代，还有一些新术士从事炼金工作，新的炼金术走上了更加神秘的道路。

《拍案惊奇》卷十八写的是一个炼金骗局，贪婪、愚昧和欺诈，上当的富翁和无耻的丹客，使我们想起本·琼森著名的喜剧《炼金术士》。炼金术士萨特尔，他的欺骗手段与《拍案惊奇》中的丹客毫无二致，协助萨特尔为非作歹的妓女Ｄ·康芒也与丹客用作钓饵的美妾相似。本·琼森所讽刺的受害者——谨小慎微的商人德拉格、贪婪的马蒙爵士也就是那位自作自受的富翁潘某。这出喜剧与中国小说如出一辙，可见古往今来骗子虽多，骗术的花样百出，也是万变不离其宗的。受骗者的贪婪和愚蠢，是一切骗术成功的最重要的因素。

　　还是我们的唐伯虎聪明。《坚瓠集》卷三载有一则故事：有术士见唐六如，极言修炼之妙。唐曰："如此妙术，何不自为之？"答曰："恨我福浅。见君仙风道骨，故敢请尔。"唐曰："我但出仙福，有空房在城北僻处，君试居之，炼成两剖。"术士不悟，出扇求书。唐题曰：

> 破布巾衫破布裙，
>
> 逢人便说会烧银。
>
> 君何不自烧些用，
>
> 担水河头卖与人？

　　唐氏此诗可发千古之惑。据报载，不久前，英国一些法律学家对社会上的犯罪情况进行了一次调查，并得出以下结论：在英国，大部分法律条文已被触犯，但其中有一项在十四世纪制定的法律至今尚无人触犯，这条法律是：禁止把普通金属变为黄金！

笔者认为，能够真的触犯了这条法律的人，当届的诺贝尔奖非他莫属。

发横财梦的小市民

　　恐怕，自私有制建立起来后，发财的念头一直盘踞在人们的脑中。人贤如孔子，也说如果能求得财富，那么干干市场守门卒那样的贱事也是可以的。明代商业发达，刺激了人们对金钱的欲望。小市民们也可以去发发横财梦了。

　　横财梦是多种多样的。如同现代社会中的人们热衷于买彩票那样，"三言""二拍"中的小市民，也希望能得到意外之财，一夜之间成为百万富翁。各种梦想之中最美妙不过的是掘得藏金了。《警世通言》卷二十二"宋小官团圆破毡笠"，便是最有代表性的。宋金父母双亡，只剩一双赤手，被房主赶逐出屋，无处投奔，日间在街坊乞食，夜间在古庙栖身。后来被招赘刘家，又得了痨瘵之疾，被丈人丢弃不管，可说是山穷水尽了。就在这时，转机了，宋金来到一所败落土地庙，见到庙内有大箱共八只。宋金暗想："此必大盗所藏，布置枪刀，乃惑人之计。来历虽则不明，取之无碍。"于是他心安理得地取了这笔横财，成为南京仪凤门外"出乘与马，入拥金赀"的大员外。还有《警世通言》卷二十五"桂员外途穷忏悔"。桂富五落魄无依，寄居在同学施济的桑枣园中。一日见白老鼠一个，绕树而走，钻进树底去了。桂氏夫妻挖开树穴，得到盛满"白物"的磁坛三个，约一千五百金。从此便造化发财，良田美宅，何止万贯。《醒世恒言》卷十八"施润泽滩阙遇友"一文，写养蚕为业的施复，买了邻家住的两间小房，"一面唤匠人修理，一面择吉铺设机床，自己将把锄头去垦机坑。约莫锄了一尺多深，忽然锄出一块大方砖来，揭起砖时，下面圆圆一个坛口……便露出一搭雪白的东西来。"却是细丝锭儿，约有千金之数。于是，施复不上十年，就长了数千金家产。

这类骤得横财的故事，最为蛊惑人心。掘得藏金的记载，虽然屡见于前人笔记小说中，但却很少有"三言""二拍"这样细致的描述。有些研究者认为，这类作品宣扬了对封建统治者的幻想，"挑起人们对富贵的眼热"，没有什么积极意义。也有些研究者认为，它们"喊出了贫贱的市民阶级致富的愿望"。无论如何，小市民的致富梦，正是时代的产物。谁也知道，中什么奖券，据数学家计算，其概率是极小的，至少要比车祸、火警的机会还少，可是，市民们还是一窝蜂地沉迷赌博，把钱往水里扔，以至倾家荡产而不顾。

横财不易得。于是便出现了拐骗抢掠的种种故事。《拍案惊奇》卷十八"丹客半黍九还，富翁千金一笑"，写的是"世上有这一伙烧丹炼汞之人，专一设立圈套，神出鬼没，哄那贪夫痴客，道能以药草炼成丹药，铅铁为金，死汞为银，名为黄白之术"。骗子们精通心理战，利用富人贪得无厌的钱欲，设下巧妙的圈套，或以女色为饵，使人坠其术中而不悟。还有写英雄豪杰在微贱时铤而走险的。《喻世明言》卷二十一"临安里钱留婆发迹"，写钱缪因没钱使用，便随人去干些没本钱的生意，劫掠王节使船中的金帛。他还满有道理地说："做官的贪赃枉法得来的钱钞，此乃不义之财，取之无碍。"不惜以非法行为谋取暴利，这是下层市民企图发迹的手段，他们总怀着冒险家的侥幸心理："他不犯本钱，大锭银大贯钞的使用，侥幸其事不发，落得快活受用，且到事发再处，他也拼得做得。"

我们可以把这类的横财梦与《汪信之一死救全家》《张廷秀逃生救父》《宋小官团圆破毡笠》《施润泽滩阙遇友》《转运汉巧遇洞庭红》等故事对照一下。前者反映了市民阶层的卑下的一面，企图不劳而获，大发横财；而后者却反映了市民阶层高尚的一面，他们靠自己的聪明才智，发家致富。汪信之"在外纠合无藉之徒，因山作炭，卖炭买铁，就起个铁冶。铸成铁器，出市发卖。所用之人，各有职掌，恩威并著，无不钦服。数年之间，发个大家事起来"。张权"精造坚固小木家火""生意顺溜，颇颇得过"。施复"每年养蚕，大有利息"。最好不过的是像施复那样，既掘到大量藏金，又靠自己的本事增加财富了。

古来巾帼胜须眉

——兼论女强人

冯梦龙是位女性讴歌者，在他的笔下，不少"出色"的女子，"可钦可爱""赛过男子"，在重男轻女的宋、明理学家看来，这自然是离经叛道的了。

《醒世恒言》卷十一"苏小妹三难新郎"中，开门见山地揭出：

> 聪明男子做公卿，
>
> 女子聪明不出身。
>
> 若许裙衩应科举，
>
> 女儿那见逊公卿！

公卿，是国家的统治阶层。作者把历来地位低微的女子与公卿相比，可见他过人的识力。小说还写道："有等聪明的女子，一般过目成诵，不教而能。吟诗与李、杜争强，作赋与班、马斗胜，这都是山川秀气，偶然不钟于男而钟于女。"这位苏小妹，使大才子秦少游都"为其所困"，连她的哥哥苏东坡都说："吾妹敏悟，吾所不及！若为男子，官位必远胜于我矣。"这里歌颂的是一位文学才女。

《喻世明言》卷二十八"李秀卿义结黄贞女"中写道："暇日攀今吊古，从来几个男儿，履危临难有神机，不被他人算计？

男子尽多慌错，妇人反有权奇。若还智量胜娥眉，便带头巾何愧？"作者还特别点出广东著名的越族首领冼夫人等"大智谋、大勇略的奇人"，认为"常言有智妇人，赛过男子，古来妇人胜男子的也尽多。"小说中赞美女扮男装的黄善聪，出外谋生，勤苦营运，手中颇有积蓄，遂为京城中富室。作者又有诗道："说处裙衩添喜色，话时男子减精神。"这里歌颂的是一位市井奇女。

《警世通言》卷三十一"赵春儿重旺曹家庄"引子说："东邻昨夜报吴姬，一曲琵琶荡客思，不是妇人偏可近，从来世上少男儿。"末两句真可与后蜀花蕊夫人"十四万人齐解甲，更无一个是男儿"媲美。作者说："这四句诗是夸奖妇人的。自古道：'有志妇女，胜如男子。'且如妇人中，只有娼流最贱，其中出色的尽多。"小说写曹家庄的小官人曹可成，不事生产，终日在烟花队里胡混。他与妓女赵春儿相好，把万贯家财都弄光了。春儿不嫌贫贱，嫁给可成，忍苦成夫，终于重旺曹家庄。这里歌颂的是一位坚忍的妓女。

冯梦龙并没有把人物强分等级，无论是官宦小姐或是小家碧玉甚至是娼流之辈，他都一视同仁，尊重她们的人格，热情歌颂她们的奋斗精神。我们想起了曹雪芹在《红楼梦》第一回中说过的一段话："今风尘碌碌，一事无成，忽念及当时所有之女子，一一细考较去，觉其行止见识，皆出于我之上。何我堂堂须眉，诚不若彼裙钗哉？""闺阁中本自历历有人，万不可因我之不肖，自护己短，一并使其泯灭也。"

亲爱的读者，在您的心中，是否认为女子能赛过男子，女子的行止见识皆出于自己之上呢？您的思想能达到冯梦龙、曹雪芹的境界吗？不过，话又说回来，女子胜于须眉，自然是件好事，但也不一定要把女郎"变"作男子。近来有些报告文学家、小说家笔下的"女强人"，多半是男性化的，只有阳刚之气而无阴柔之美，巾帼等于须眉，那就无所谓巾帼了。愿天下的女能人，都保持女性的特色，只有这样，"胜须眉"才有它的意义。

女勇士闻淑女

古来的奸相，唐代有李林甫、杨国忠，宋代有秦桧、贾似道，有明一代能与他们相颉颃者，唯有严嵩一人而已。严嵩，进士出身，饱读经书，能文工诗，著有《钤山堂集》三十五卷。他写的诗，境真句秀，佳作甚多。前人或评之曰"冲邃闲远"，或评之曰"调高律细"。《四库全书总目提要》云："嵩虽怙宠擅权，其诗在流辈之中乃独为迥出。"严嵩居钤山时，曾赠相士诗："原无蔡泽轻肥念，不向唐生更问年。"颇见高格，为时人所称。其《灵谷》诗云："窈然深谷里，疑与秦人逢。涧底藏余雪，窗间列秀峰。"亦有唐人风致。严氏亦善书，北京大高殿"先天明镜""太极仙林"两匾额为其所书，字体极严谨端正，故论者有"人邪字正"之说。

就是这样一位"高雅"的诗人、书家，竟然专国政达二十年之久，任用坏人，操纵国事，吞没军饷，废弛战备，卖官鬻爵，索贿渔利。成为一代权奸之首，真是令人不可思议。严嵩当政时，凡文武官吏与他意见不合者，均遭杀害或贬斥。如主张收复河套的大臣夏言、屡败鞑靼的将领曾铣、抗倭有功的总督张经、弹劾他罪行的谏官杨继盛，都一一下狱杀害。

《喻世明言》卷四十"沈小霞相会出师表"，写明世宗嘉靖年间锦衣卫经历沈炼遭严嵩父子迫害之事，着重叙述炼子小霞流落民间种种遭遇，表彰忠良之士，批判权奸小人，表达了冯梦龙鲜明的爱憎感情。小说写的是真人真事，江盈科《十六家小传》卷三有"沈小霞妾"条，《情史》卷四亦载此事，均甚简略，冯氏在《明史·沈炼传》和有关资料基础上作了大量的艺术加工，使之成为一个深刻动人的故事。

锦衣卫经历沈炼，因上疏攻严嵩"欺君误国十大罪"，被重打一百棒，发出保安州为民。严嵩不肯放过他，命爪牙杨顺到保安地方做官，寻个机会杀却沈炼。杨顺到任不久，遇鞑靼入侵，杨顺非但不抵御，反而杀守平民冒功。沈炼写信痛斥杨顺，严嵩父子便捏造罪名，害死沈炼及其二子，又派人到沈炼家乡，斩草除根，将沈的长子沈襄（号小霞）一家人押送京城，准备在途中暗害他。小霞之妾闻淑女，有才有智，决定陪同丈夫上路。她发现解差暗藏倭刀，想谋害小霞，便设了一个巧计：先由小霞假装向冯主事讨债，趁机藏躲在地道里，然后闻氏大哭大闹，说两个解差暗害了丈夫，想要奸污她。闹到官府去，解差也被拘留起来，一个在监中病死，一个逃走了。官府找不到小霞，时间长了，也渐渐松了下来。十年后，严嵩父子失势倒台。沈小霞才从冯家地道出来，找到尼姑庵里的闻氏，与母亲、弟弟团聚。

小说题为"沈小霞相会出师表"，其实真正的主人公是闻淑女。小霞是位公子哥儿，事到临头时，只会"放声大哭""哭得咽喉无气"，被押上路时还吩咐妻子："我此去死多生少，你休为我忧念，只当我已死一般。"可是，闻氏却大不相同了。她不顾自己有了身孕，换上布衣，背着行李，跟着小霞便走，与小霞寸步不离，茶汤饭食，都亲自搬取。她看出差人嘴脸不对，私对丈夫说："看那两个泼差人，不怀好意，奴家女流之辈，不识路径，若前途有荒僻旷野的所在，须是用心提防。"而沈小霞"心中还只是半疑半信"。直到看见差人雪白的倭刀，才"心动害怕起来"。小说写到小霞躲进冯主事家，差人找不着。闻氏先发制人，先问道："我官人如何不来？"接着又噙着眼泪，一双手扯住两个差人叫道："好！好！还我丈夫来！"走到外面，拦住出路，双足顿地，放声大哭，叫起屈来，又说："你欺负我妇人家没张智，又要指望奸骗我，好好的说，我丈夫的尸首在哪里？"由于她情词苦切，使到听者个个都同情她，簇拥着到兵备到衙门告状。好个勇敢的闻淑女，见到大门上的"登闻鼓"，马上抢鼓槌在手，向鼓上乱挝，挝得那鼓振天的响。又向王兵备有枝有叶的诉了一遍。那差人说一句，妇人就接一句，妇人说得句句有理，王兵备也想："那严府势大，私谋杀人之事，往往有之，此情难保其无。"终于使沈小霞逃脱了性命。冯梦龙在写闻淑女智斗解差一段，真是有声有色。连冯氏也忍不住在眉批中赞叹说："把闻氏做题目，妙绝！妙绝！"并连批七处曰："快意！""大快意！"（见《全像古今小说》商务影印本）表现了对这位女勇士的尊重和崇敬。在"三言"众多的女性形象中，闻淑女当是最具特色的。她的勇敢和智慧，给人留下强烈而深刻的印象，要比韦十一娘之类的侠客更为真实动人。

女侠韦十一娘

在话本小说许多的有关侠客的故事中，我们只发现一位女侠，那就是《拍案惊奇》卷四"程元玉店肆代偿钱，十一娘云岗纵谈侠"中的韦十一娘。

这是件很可骇怪的事。女侠，在唐人小说中可以说是占"半边天"的，如红线、聂隐娘等剑侠形象，早就深入人心。不仅如此，就连中国侠客的"鼻祖"，也是一位女子。《吴越春秋·勾践列传》载，越国一位处女，居于南方的山林中，越王命使者备礼，请她教击剑舞戟之术。处女北行途中遇到一位老人，自称袁公，要与她较量剑术。处女三次击退袁公，袁公化为白猿离去。处女见越王，得到"越女"的封号。自此，"越女剑"的名堂便流传千古。

自宋以后，女侠的形象渐渐在小说中消失了。在《太平广记》中收录了七个女侠故事，占全部侠客故事的三分之一，而"三言""二拍"的两百篇小说中，仅得此韦十一娘一篇。女人失去当侠客的资格，似乎可以说明，明人小说已从浪漫神奇的境地回到了现实的世界，女人变得更女性了，不是"烈女"便是"淫妇"，她们完全投进生活中，没有任何神秘的地方，要吃、要玩、要和男人睡觉。什么形象的女性都有，就是没有女神人、女超人！

韦十一娘的形象塑造是失败的。她远离尘世，居住在一个陡峭的山崖上，自言："吾是剑侠，非凡人也！"所以她的一切行为都跟凡人不同，她明白自己的"救世主"身份，声言决不用剑术来报私仇，如滑吏、土豪及忤逆之子、负心之徒等，都"不关我事"；她所要诛杀的都是贪官奸臣，"重者或径取其首领及其妻子""次者或入其咽，断其喉，或伤其心腹"。剑侠只是正义的化身，不食人间烟火，也绝无人情味。韦十一娘对被她救护的程元玉，纵谈"中国剑术发展史"，由黄帝谈起，历述各代隐姓埋名的剑术之士，这些人都是具有"神术"的"奇踪异迹之人"。韦十一娘鄙视普通的武术功夫，认为只有聂隐娘、红线"方是至妙"的，她说："隐娘辈用神，其机玄妙，鬼神莫窥，针孔可度，皮郛可藏，倏忽千里，往来无迹，岂得无术？"带着两名弟子，匆匆来去，干些诛杀贪官的"公事"，就是这位女侠的生涯。像韦十一娘这样的一位女剑侠，既不可亲，复不可敬，满脑子都是仁义道德的教条，再加上一些道家的胡言乱语，实在乏味。

据顾起元《客座赘语》载,《韦十一娘》篇记程德瑜事,乃胡汝嘉作,托以诟当事者。《拍案惊奇》此篇之末亦说明:"此是吾朝成化年间事。秣陵胡太史汝嘉有《韦十一娘传》。"既然凌濛初所本的是"诟当事者"的阴私文字,改编的手法也不太高明,无怪其失败了。孙楷第先生《日本东京所见中国小说书目》卷六附录云,凌氏此篇,"虽不及唐人之生动,但亦非苟作"。孙氏之论,笔者亦不敢苟同。

杜十娘与叶丽斯、玛格丽特

近代比较文学研究兴起，人们企图在跨国度、跨文化的文学作品中探求某些共通的规律性的东西，这是可喜的。对中西文化的比较，已成热门，古典小说中的爱情故事，更为研究者所瞩目，其中《警世通言》卷三十二"杜十娘怒沉百宝箱"一篇，人们把它与小仲马的《茶花女》以及森鸥外的《舞姬》等名著比较，得出不少各异其趣的结论。在这里介绍一下，可增加读者的兴味。

先谈谈读者们可能不大熟悉的《舞姬》。日本名作家森鸥外，1889年发表了他成名之作《舞姬》，完全以他个人的经历为依据，叙述一个留学柏林的日本学生与一个德国少女之间不幸的恋爱故事：

太田丰太郎自少受到良好的教育，大学毕业后在政府供职，被委派到德国留学。他接触了近代欧洲先进的社会思想，被日本封建传统所压抑了的个性逐渐觉醒。一天傍晚，他在修道院教堂门前，见到一位在哭泣的少女，出于同情而上前询问。少女名叶丽斯，因父死后无力办理丧事，遂彷徨街头。丰太郎慷慨解囊相助，两人从此密恋。日本公使得知叶丽斯的舞女身份，遂取消丰太郎的留学生资格。后丰太郎好友相泽谦吉来到柏林，劝丰太郎要为自己前途着想，斩断情丝。丰太郎终于抛弃了叶丽斯，踏上返国之途。已怀孕的叶丽斯受刺激过度，成为疯女。

森鸥外认为《舞姬》中的叶丽斯，颇似中国古代女杰卓文君和红拂（见《致乞取半之丞书》），她有着忠贞坚强的性格，在爱情方面，也是大胆主动的。当丰太郎被免去官职和留学生资格后，叶丽斯主动把他接到家里，丰太郎患重病时，又日夜辛勤服侍，无私地献出整个心灵和肉体。而丰太郎却是软弱的、被动的，他的爱也充满着矛盾。遗弃叶丽斯时，他既受到良心的谴责，又悲叹自己屈从于社会压力、失去了个性自由。

无疑，森鸥外的《舞姬》是受到《杜十娘》的影响的。早在日本宝历三年（1753年），署名"奚疑斋主人"的译文拱（重渊）就已译出《杜十娘》一篇。三十年后，都贺庭钟改写成《江口妓女愤薄情，怒沉百宝赴水亡》故事，把杜十娘改作"白妙"，李甲改作"小太郎"，情节与《杜十娘》稍有不同，结局是小太郎回到家乡，得到其父的宽恕，这倒与《舞姬》中丰太郎的遭遇相似。森鸥外发表《舞姬》后，立即震动日本文坛，也就奠定了作者小说家的地位，这不能不说是得力于中国的杜十娘。

再说《茶花女》，茶花女玛格丽特是巴黎著名的交际花，一位税收员的儿子阿芒，怀着纯洁的爱迷恋着她。玛格丽特渴望摆脱被人玩弄的可悲处境，毅然抛开有钱的靠山，与穷青年阿芒同居。阿芒的父亲出面干涉，责备儿子毁坏家声，要他抛弃玛格丽特。阿芒坚决拒绝了。可是玛格丽特却不辞而别，留言说与阿芒一刀两断。阿芒非常痛苦，当面侮辱玛格丽特，又写匿名信骂她。玛格丽特终于含恨死去了，阿芒读到她的遗言，才明白事情真相。原来是阿芒的父亲为了儿子的前途，硬逼玛格丽特重操卖笑生涯的。阿芒痛悔莫及。《茶花女》中的玛格丽特和阿芒都是纯情的。阿芒受父亲蒙蔽而辜负了茶花女的爱，茶花女一往深情，绝不因爱人的误会、侮辱而改变。给她最后一击的是，当她主动登门与阿芒重温旧好的次日，阿芒竟给她送去一张五百元的钞票，并说明这是"夜度资"。她死去了，但宽恕了她的情人。

试把《杜十娘》与《茶花女》对照，则可看出东西方文化的巨大差异，李甲是个典型的中国封建社会中的庸人，自私、软弱，不懂得爱情的真义；而阿芒却热情如火，敏感、冲动，把爱情看作生活中最重要的东西。杜十娘用自杀来表示她对负心人的蔑视，她是很有心计的中国女子，苦心孤诣，即使在死之前还要作一番壮烈的演出。她知道李甲受惑，要将自己卖与富家儿时，只是"冷笑一声"，马上表示同意，说："为郎君画此计者，此人乃大英雄也。"于是"脂粉香泽，用意修饰，花钿绣袄，极其华艳，香风拂拂，光彩照人"，她绝不向负心人乞怜，用百宝箱中的无价之珍买回失去的爱情。玛格丽特遭到爱人的侮辱和折磨，不但不怀恨他，反而托人向他求情，为了爱人的"家庭幸福"，勇敢地选择了自我牺牲的道路。《杜十娘》激起读者的同情和义愤，是合乎中国传统的"教化"原则的，《茶花女》却触动读者心灵中最隐秘的部分，使人感到彻骨的悲哀。《杜十娘》谴责了李甲、谴责了孙富，而《茶花女》却谴责了整个社会。从这个角度来说，森鸥外的《舞姬》和小仲马的《茶花女》所写的已不仅是一般的爱情悲剧，而含有更为深刻的社会意义。不过，我们应注意到，《杜十娘》比它们早出了两个世纪，杜十娘"以其不容怀疑的人格力量进入了小说创作"（魏同贤《冯梦龙、凌濛初和"三言""二拍"》），小说家摆脱了传统士大夫对妓女的轻蔑态度，给她们以同情和肯定，这是值得赞许的。

苏小妹与丑女

民间传说中苏东坡有一妹，名日苏小妹。这位姑娘样子生得并不怎样：额头阔而外凸，双眼微抠，尽管才调高绝，要想嫁个好丈夫也着实是难。这位不世出的女才子读书只一遍，便能背诵，写的诗文篇篇锦绣，字字珠玑。爱才心切的王安石听到苏小妹有如许才华，便托人去为儿子相亲，那知这苏小姐容貌真个不扬，不中儿子之意，连这位素来不以貌取人的王老先生也没奈何，只好将婚事搁起不提。《醒世恒言》卷十一"苏小妹三难新郎"，写这位姑娘终于嫁了个不嫌弃她貌丑的才子秦少游。

其实，姑娘生得其貌不扬，并不是她嫁不出去的主要原因。俗语说："丑丑夫人相。"夫人们还往往是丑陋的呢，而二房、三房以至若干房姨太太倒是漂亮的。据习凿齿《襄阳记》载，诸葛亮的妻子就是位丑女，她的父亲黄承彦对孔明说："君择妇，身（我）有丑女，黄须黑色，而才堪配君子。"孔明一口便答应了。乡里的人拿来当笑话，说："莫作孔明择妇，正得河外丑女。"而孔明并没有后悔。

最著名的丑女莫过于"钟无艳"了。她的事迹编成戏曲，百年来上演不衰，广东人的木鱼书中也有她的故事。刘向《列女传》载，她是齐国无盐人，叫钟离春。"无艳"是"无盐"一声之转。"其为人极丑无双。凹头深目，长肚大节，印鼻结喉，肥项少发，折腰出胸，皮肤若漆"，到了三十岁，还没有人敢去问津。这位勇敢的老姑娘自谒齐宣王，历述自己的种种优点，终于感动了宣王，纳为王后。她帮助宣王，齐家治国。最令人佩服的还是《列女传》中的"齐孤逐女"，她状貌极丑，"三逐于乡，五逐于里"。由于貌丑而屡次被乡下人赶出来，可想见她的尊容是如何吓人的了。她一气之下，去找齐襄王。襄王接见了她，左右都很诧异。襄王说："你们不知道这个道理。牛鸣而马不应，是由于它们不是同类。这位姑娘一定有与常人不同的地方，才给人赶了出来。"襄王与她交谈，感到非常愉快。"举案齐眉"的故事是读者们都熟悉的，梁鸿的妻子孟光，"丑黑而肥"，力能举石臼，而他们夫妻的关系却很好。

天生漂亮的女人，当然可以以此为骄傲，而样子不漂亮的女子，也应有她发展的天地。不记得是那位古代哲人说过："美德可保千年，美貌仅存十载。"十载之后，该怎么办。也许人们可以从苏小妹及其他丑女的故事中得到启发吧。

愚昧莽撞的侠客们

　　在众生的罪恶中，恐怕最不能宽恕的就是背叛了。但丁《神曲》的《地狱篇》，设下了万古不化的冰狱，去惩处那些背信弃义的叛徒们。世上不平的事实在太多，阴间的报应又太遥远了，善良的人们便幻想有侠客出来伸张正义，报仇雪恨。

　　《醒世恒言》卷三十"李汧公穷邸遇侠客"是一个很有名的故事。《国史补》卷中、《唐语林》卷四及《太平广记》卷一百九十五"义侠"类引《原化记》《剑侠传》卷四等，均载此事。故事的情节是读者们所熟悉的：李勉在任开封尉时，曾释放过一个盗贼。罢官后客游至一县，所释之贼已成县令。这县令最初还很好接待李勉，后来听信恶妻的话，怕旧事被揭露出来，便阴谋杀害李勉。小说中写到有一位剑侠，"能飞剑取人头，又能飞行，顷刻百里，且是极有义气，曾与长安市上代人报仇，白昼杀人"。县令便捏造出一段假情，对剑侠哭诉李勉诬陷他。剑侠听毕，登时大怒，飘然出门，其捷如风，便觅李勉去了。若不是李勉偶然跟仆人说起县令之事，他早就人头不在脖子上了。这位剑侠真是莽撞得可以，只听一面之辞，便去杀人，这种视人命如草芥的作风，正是愚昧和暴力崇拜的具体表现。他们似乎有着崇高的目的——惩罚忘恩负义的人，可是，往往由于他们的无知和意气用事，其后果与其主观愿望恰恰相反。

还有《喻世明言》卷十九"杨谦之客舫遇侠僧"一篇，里边描写的"侠僧"却颇令人可疑。故事中他的亮相就有点邪气：他去武当烧香，搭在众人船里，"且是粗鲁，不肯小心""倒要人煮茶做饭与他吃"。对不满他的人使法术，叫人"出声不得闭了口""动手不得瘫了手"。杨谦之对他有礼貌，这"侠僧"为此而安排杨谦之的一生前途：给他一个会法术的美女作保镖，后来又帮他破了蝙蝠精的妖法。杨谦之做了三年官，"宦囊也颇盛了"，又收了薛宣尉的千金赆礼。这位"侠僧"便来坐地分脏了：杨谦之取六分，美女取三分，自己取一分。拿了钱后，还毫无愧色。试拿"三言""二拍"中的侠客形象与古来侠义故事中的英雄对照一下，那种急人之难，出书必信，锄强扶弱，打抱不平的品质全部泯灭了。

《警世通言》卷三十七"万秀娘仇报山亭儿"，写了一位叫"孝义尹宗"的侠盗，他日常的生计是"指望偷些物事，卖来养这八十岁底老娘"，可是，他发现万秀娘被劫持后，便路见不平，拔刀相助，要把秀娘护送回家。尹宗受了老娘的教训：不得淫污这妇女。背负着秀娘一路行去，秀娘感恩戴德，想跟尹宗"共做个夫妻"，尹宗却依老娘言语，不肯胡行。事有凑巧，两人在路途中遇到劫持秀娘的恶贼，尹宗拿着朴刀与之相斗，却被坏了性命。最后尹宗的仇只好让万秀娘为他报了。这故事的情节与"赵太祖千里送京娘"相近，而尹宗比赵匡胤更近人情些，无情的赵匡胤终于做了英雄，而尹宗却成为悲剧人物。无勇无谋的尹宗白白送掉了性命，是令读者很感惋惜的。

在《二刻拍案惊奇》卷三十九"神偷寄兴一枝梅，侠盗惯行三昧戏"中，描写了一位擅长偷窃的侠，比较起李勉所遇的侠和杨谦之的侠僧来，显得较为可爱。绰号"懒龙"的神偷，能飞檐走壁，精通口技，心地善良，专门劫富济贫，特别对贪官污吏，更是不肯放过。"虽是个贼，煞是有义气，兼带着戏耍"，尽管本领高强，但有时却会弄得"浑身沾湿，状甚狼狈""几乎送了性命"，当失手时，又"会得逢急智生，脱身溜撒"。所以他做了一世贼，并不曾犯官刑，刺臂字。作者意味深长地说，像懒龙这样的人，"也算做穿窬小人中大侠了。反比那面是背非、临财苟得、见利忘义一班峨冠博带的不同。"

话本小说中这些侠客们，往往邪正不分，甚至愚昧鲁莽，这更显出他们是活生生的真实人物。唐人传奇中的义侠，实在是太玄了，如聂隐娘、红线一流人物，不食人间烟火，是神不是人，那是耽于幻想的唐人所想象出来的。明代人就没有那么多的浪漫色彩，他们心目中的侠只不过是现实生活中的强人而已。

神仙侠客吕洞宾

　　偶读黄裳先生的《珠还记幸》，中有怀念浦江清教授一文，谈到浦先生早年写过一篇《八仙考》，说有没有吕洞宾这个人"很难说"。其传说是"先虚后实，先有传闻，后有身世记载和著作的"。这就基本上否定了吕岩这个人物的存在。

　　吕洞宾实在是"八仙"中最主要的人物，没有他，"八仙"将黯然失色。浦先生考证没有吕岩其人，这是学者们的玩意儿，老百姓对吕洞宾却是深有感情的。正如黄裳说的，他曾请徐森玉先生写过一张小条幅，内容正是一首吕洞宾的诗，后两句是"白酒酿成因好客，黄金散尽为收书"，既好客，复爱书，正是传统的风流才士所为，吕洞宾之所以被广大民众所喜爱，正是因他"神性"少而人性多的缘故。

　　《醒世恒言》卷二十一的"吕洞宾飞剑斩黄龙"，就是很有趣的故事。吕洞宾虽然跟随钟离先生学得仙道，依然不脱凡人的行径，他一听到黄龙长老讲经说法，普度众生，使道门冷落，便"怒气填胸"，化成"一道青气，撞将入来，直冲到法座底下"，从背上拔出那口宝剑来，要斩黄龙。就是这样的一位"神仙"，有血有肉，喜怒哀乐，七情六欲，与常人无异。吕洞宾的故事数百年流行不衰，是与民间说话人添油加醋的宣传分不开的，而"斩黄龙"的故事，也有两种不同的说法：

《指月录》载，吕岩真人，字洞宾，京川人。唐末三举不第。遇钟离权于长安酒肆中，得习神仙之术。后来经过黄龙山，见黄龙禅师。吕洞宾故意出题问："一粒粟中藏世界，半升铛内煮山川，且道此意如何？"黄龙早就参悟了禅机，用禅宗的语言回答："这守尸鬼！"意说吕洞宾学神仙之道，妄图肉身飞升，贪恋着臭皮囊不舍。洞宾又说："争奈囊有长生不死药！"黄龙说："饶经八万劫，终是落空亡。"意说，无论神仙寿命多长，终是一场空。吕洞宾无法折服黄龙，大为惊讶，夜半飞剑入禅室中，剑被黄龙收摄，插在地上不能动。洞宾千方百计取剑，终不能得。乃拜服，愿皈依佛法。并作偈说："弃却瓢囊扌碎琴，如今不恋汞中金。自从一见黄龙后，始觉从前错用心。"

写道教神仙大败在佛教禅师手里，道士们自觉脸上无光，明朝皇帝是道教的狂信者，自然不愿意吕祖师遭到惨败，于是便推出《吕纯阳点化度黄龙》的新戏。记吕洞宾和钟离权奉东华帝君之命，访度仙侣，来到黄龙山中。黄龙禅师正在跟徒众们讲说佛法。吕洞宾因与展开一场大辩论，至数日之久。说得黄龙哑口无言，大为敬服。黄龙便拜洞宾为师，洞宾授以"性命双修"之理，腾空而去。黄龙依言，在山中修炼，终于成仙。据《孤本元明杂剧提要》云：此剧不著撰人姓名。"曲中多玄旨，文笔修洁，当是道家笔墨，或内廷供奉之作也。"

吕洞宾是一位诗人。他的诗见于《全唐诗》中，元人辛文房《唐才子传》也记载他的事迹。至于他是否真有其人，我们也不必过细考据。他那首《题岳阳楼》诗，却是写得很不错的：

> 朝游南粤暮苍梧，
>
> 袖有青蛇胆气粗。
>
> 三入岳阳人不识，
>
> 朗吟飞过洞庭湖。

读者倘有机会过岳阳，登岳阳楼，对着百里烟波的洞庭湖面，高吟一曲吕洞宾的诗，定当有飘飘欲仙的意态吧。南宋诗人戴复古过洞庭时，作《柳梢青》云："袖剑飞吟，洞庭青草，秋水深深。万顷波光，岳阳楼上，一快披襟。不须携酒登临，问有酒何人共斟？变尽人间，君山一点，自古如今。"此词为近代选家必录之作，但选注者多没有注出吕洞宾"袖剑飞吟"的典故来，未始不是件憾事。

最后说到民间流传的《吕仙飞剑记》一类小说，加添了"三戏白牡丹"的猥亵内容，写吕仙如何精于"房中术"，未免有诲淫之嫌，但吕洞宾实在是无辜的。三戏白牡丹见于宋人故事，戏者为"颜洞宾"，由于名字偶然相同，遂使仙人担枷受过。而"飞剑"之事，也不符合吕洞宾思想。相传吕洞宾遇钟离权，经过十次试验，才授以"大道天遁剑法，龙虎金丹秘文"。而吕洞后来一反钟离权的理论，主张以"慈悲度世"为成道路径，改炼丹之术为内功修炼，改剑术为断除贪嗔、爱欲和烦恼的智慧。后世画吕祖"真像"，常把吕洞画成身佩神剑、手执拂尘的道人，纯出于小说家的传闻而已。当然，民众也是不允许吕洞宾放下他的宝剑的，因为他不光是神仙，而且还是侠客。

古代的迷药

——蒙汗药

《喻世明言》卷三十六"宋四公大闹禁魂张"，写一个江洋大盗宋四公，做下了大案，只得去投奔徒弟赵正。这赵正也着实了得，几次作弄宋四公，使之感到脸上无光，恼火得很。宋四公便派他去找一个开黑店卖人肉馒头的侯兴，暗中命侯兴结果他。赵正知道了，到黑店后，故意拿出一包金银钗子，引侯兴老婆下手。侯兴老婆想："你看少间问我买馒头吃，我多使些汗火，许多钗子都是我的。""汗火"，就是《水浒传》中常见的蒙汗药。那知赵正也是个摆弄汗火的专家，他一边大吃馒头，一边又服解药，还说风话："嫂嫂，我爷说与我道，莫去汴河岸上买馒头吃，那里都是人肉的。嫂嫂，你看这一块有指甲，便是人的指头，这一块皮上许多短毛儿，须是人的小便处。"赵正吃了馒头，却没有"倒也，倒也"。侯兴老婆大为诧异，赵正便说他吃了"百病安丸"，尤其对妇人家的胎前产后百病有效。侯兴老婆讨些吃了，倒在地下，"口边溜出痰涎",喃喃说道:"我吃摆番了。"原来她吃的是正宗的蒙汗药。

《喻世明言》的写法显然是受到《水浒传》的影响,赵正的风话与武松在十字坡所说的一模一样。母夜叉孙二娘那壶浑色的酒,连花和尚鲁智深都着了道儿,若不是张青早点返来,那莽和尚的肥肉已剁成"烧卖"了。有名的智取生辰纲故事,众好汉就是巧妙地用蒙汗药把杨志一伙弄倒的。旧小说中这种神秘而又有奇效的蒙汗药是什么东西呢?

《后汉书·华陀传》载,华陀精于方药,"若疾发结于内,针药所不能及者,乃令先以酒服麻沸散,既醉无所觉,因刳破腹背,抽割积聚。若在肠胃,则断截湔洗,除去疾秽,既而缝合,傅以神膏,四五日创愈,一月之间皆平复。"这段记载真是神乎其神,华陀能利用麻沸散开膛破肚,做大型外科手术,这种"麻沸散"尔后便失传了,却落到开黑店的大王手中,成了蒙汗药,不能不说是历史对人们的嘲弄。后世的考据家用足心机,也考不出麻沸散的药物成份,而蒙汗药呢,一些旧辞书说是用"曼陀罗"制成。曼陀罗(学名 Datura stramonium)亦称"风茄儿",茄科,一年生,有毒草本。夏秋开小白花,蒴果卵圆形,有刺。据南宋周去非《岭外代答》载,此花在岭南地区遍生原野,"盗贼采干而未之,以置人饮食,使人醉闷,则挈箧而趋。"可见在宋代已有贼人使用曼陀罗作案了。药物学家李时珍更证而实之,云:"八月采此花，七月采火麻子花。阴干，等分为末，热酒调服三钱，少顷昏昏如醉。"李时珍的蒙汗药是用曼陀罗花与火麻子花的复合制剂。

近代药物学研究证实，曼陀罗花含莨菪碱、东莨菪碱等，功能麻醉止痛，并为中药全身麻醉的主药。火麻，即大麻（请注意，此大麻非同彼大麻，此大麻不含可卡因，中医用火麻仁作泻药）。至于华佗先生发明的麻沸散是否有曼陀罗及大麻，那就不得而知了。

还有人认为蒙汗药可能由草乌制成。并谓明定王朱橚《普济方》中有草乌末用于麻醉之说。草乌含有乌头碱，对神经确有麻醉作用，但草乌味辛，且要大量使用方能有效，如果作为蒙汗药放在酒中，只喝一口便被发现有异味，哪里还谈得上"倒也，倒也"呢？又有以"押不庐"为蒙汗药说。周密《癸辛杂识》云："回回国有药名押不庐者，土人采之，每以少许磨酒饮入，则通身麻痹而死，至三日少以别药投之即活。"李时珍《本草纲目》亦谓此药麻醉后，虽"加以刀斧亦不知"。但押不庐仅见于传闻，"回回国"当指中亚地区，产地遥远，一般开黑店的好汉们恐不易购得。还有人认为醉鱼草亦可用作蒙药。醉鱼草为马钱科植物，含有醉鱼草甙，可用于麻醉鱼类，是否能麻醉人，还未见有实验报告证明。

何物种臂弓

　　《醒世恒言》卷三十一"郑节使立功神臂弓"，叙述郑信遇到蜘蛛精日霞仙子，结为夫妇，后又与日霞之妹月华"成夫妇之礼"。日霞与月华争夺丈夫，大战一场。日霞战败，"把一张弓，一只箭道：'丈夫，此弓非人间所有之物，名为神臂弓，百发百中。我在空中变就神通，和那贱人斗法，你可在下看着白的，射一箭助我一臂之力。'"这位郑先生不愧是做节度使的料子，一口答应了"郑信弯弓觑得亲，一箭射去，喝声：'着！'，把那白蜘蛛射了下来。月华仙子大痛失声，便骂：'郑信负心贼！暗算了我也！'"郑信后来到种师道辕门投军，献上神臂弓。种相公大喜，分付工人如法制造数千张。郑信屡立战功，都亏神臂弓之力。

　　究竟神臂弓是件怎么样玩意儿？小说中没有说明，顾学颉先生的校注本也没有注释。据沈括《梦溪笔谈》卷十九载："熙宁中，李定献编架弩，似弓而施干镫，距地而张之，射三百步，能洞重札，谓之神臂弓。"可见神臂弓是一种"踏张弩",用脚和手并力张开,射程远,威力大。洪迈《容斋随笔》则说,神臂弓为熙宁元年(1068年)李宏所献。《宋史》记载其形制性能说:"身长三尺二寸,弦长二尺五寸,箭木羽长数寸,射三百四十余步,入榆木半笱。"神臂弓是宋代重要的武器之一,多用于边防作战,它还有一个美丽的别名叫"凤凰弓"。南宋初,韩世忠在神臂弓的基础上,改良成为一种"克敌弓",这种弓威力更强,射百步"其劲可穿重甲"。韩世忠以此弓与金人战,大获胜捷。在著名的采石之战中,神臂弓更大显身手。南宋高宗绍兴三十一年(1161年)十一月初九日,金主完颜亮进犯杨林渡口,虞允文命令部将盛新率领一批优秀的射手迎敌,指示说:"决不能让敌船逃脱一只,如果敌船不出河口,就远射岸上的金兵。"射手们所持"克敌神臂弓",果然威力强大,远距离射杀了大量金军,虞允文又派人突袭,焚毁金人剩余船只,全歼残敌,取得南宋与金作战的决定性的大捷。后来在神臂弓的基础上创造出"神劲弓",射程更远,威力更大。弓弩在宋代,已到达它的顶峰时期。明代以后,火器发达,弩已渐被搁置不用。明孝宗时广东人丘濬建议恢复用弩,朝廷也制造了一些弩发给边兵,但这已是"强弩之末"了。

文身与英雄行为

　　《喻世明言》卷十五"史弘肇龙虎君臣会"中，写到一位乱世英雄郭大郎，即后来做了后周开国皇帝的郭威，微贱时当过马铺卒吏，偷鸡摸狗，"椎埋无赖，靡所不至"。他在颈右边刺了只雀儿，左边刺了棵谷穗，人称为"郭雀儿"。小说中写他与流氓李霸遇打架时，脱去衣服，露出文身，众人大声喝彩，而李霸遇脱膊时，只露出一身横肉。郭大郎在动手之前早已先声夺人，果然一肘二拳，三翻四合，便把对手打得在血泊里卧地。郭威还相信这样的预言："若要富贵足，直待雀衔谷。"等到脖子上的雀和谷凑在一起时，便"贵不可言"了。也许是郭威自己造出来的谣言，也许真有某道士说过这话，总之，文身既能威慑对方，也给这位英雄带来了希望和勇气。

　　《醒世恒言》卷三十一"郑节使立功神臂弓"，写到另一位英雄郑信，他人才出众，满体雕了青花："左臂上三仙仗剑，右臂上五鬼擒龙；胸前一搭御屏风，脊背上巴山龙出水"，这些文身早已预兆着他的前程了。他遇到蜘蛛精日霞仙子，在她的帮助下建立奇功，登上节度使的高位。小说中写郑信和无赖汉夏扯驴恶斗时，也先"脱膊下来，众人看了喝彩"，而夏扯驴也有文身，却是"刺着的是木拐梯子，黄胖儿忍字"，众人看了，只但发笑。郑信只一拳，便把夏扯驴打得扑的倒地，登时身死。

从这两个故事可见，文身，在中国古代是作为勇武的标志的。它给郭威、郑信之流的好勇斗狠的英雄们以好运，可是，读书人文身，却往往被视为违背圣贤之道的，因为孔夫子他老人家从来不说"怪、力、乱、神"。《续资治通鉴·度宗咸淳七年》载，贾似道下令读书人应试时要"露索怀挟"，也就是要脱衣检查。有个叫李钫孙的人，年少时曾在股间文身，被检者看到，骇曰："此文身者！"马上上报中央，这个书生便落第了。

文身，是由原始人在身体上绘画作为装饰的习俗发展而来的。原始人这种爱美心理跟今人涂脂抹粉毫无二致。文身有多种功用，其中最重要的就是吸引异性。男子文身，往往雕上凶猛的野兽图形（这可能与图腾崇拜有关），野兽，象征着勇气和力量。人们相信，文身之后，百邪不侵，战无不胜。《礼·王制》载，"东方日夷，被（披）发文身，有不火食者矣。"疏："越俗断发文身，以辟蛟龙之害，故刻其肌，以丹青涅之。"可见在中国古代，东方的夷人和南方的越人，都有文身之俗。广东土著是越人的一支，古代当也盛行文身。近代海南岛的黎族，台湾高山族，云南的傣族、独龙族、崩龙族、布朗族、基诺族和四川凉山彝族等仍保留文身的习俗。高山族、崩龙族男女皆文身，傣族、布朗族、基诺族只许男子文身，而黎族和独龙族却限于妇女文身。

世界许多民族都会流行文身习俗。在葬于公元前两千年的埃及木乃伊身上就曾发现文身。古代有关色雷斯人、希腊人、高卢人、古日耳曼人和古布立吞人的记载都提到文身。东南亚、东北亚、南北美洲、非洲及大洋洲的一些土著中至今犹保留此习。土人们相信，身上刺有狮子的图形，自己也就获得狮子般勇气和力量。

最令人惊异的是，文身这种古老的习俗在近代欧美又重新流行起来。欧洲的海上冒险家们航行到美洲和大洋洲，在印第安人和波利尼西亚人中发现文身，觉得美极了，海员们也要在自己身上试试。文身术到了美国，马上现代化了，出现了"电动文身机"，过去要好几天或好几个月才能完成的文身工作，如今只须几分钟或几小时便可大功告成。另外，文身也标准化了，美国商人印刷了大量的文身图纸，流行全世界，不少地区具有民族特色的文身风格已渐趋消失。日本的文身是独特的，被称为"日本文身类型"。日本古代的武士酷爱文身，往往刺上手持宝剑的英雄形象，以表现其武士道精神。

假倭杨八老

  《喻世明言》卷十八"杨八老越国奇逢"，写的是乱世时下层民众的悲欢离合故事。杨八老到福建经商，被倭寇掠到日本，住了十九年。后又被众倭挟持入寇，倭兵大败，杨也被擒获，幸得旧仆王兴相救，复与妻儿重聚。

  小说中叙述的虽是元代故事，但形容倭寇入侵之事甚详，当为明代现实生活的反映。小说是这样描述倭寇的："倭子把海叵罗吹了一声，吹得呜呜的响。四围许多倭贼，一个个舞着长刀，跳跃而来，正不知那里来的。""原来倭寇逢着中国之人，也不尽数杀戮。掳得妇女，恣意奸淫""其男子但是老弱，便加杀害；若是强壮的，就把来剃了头发，抹上油漆，假充倭子。每逢厮杀，便推他去当头阵""这些剃头的假倭子，自知左右是死，索性靠着倭势，还有捱过几日之理，所以一般行凶出力。"小说中的杨八老便是这样的一个假倭。

  倭寇，是有明一代的大患。从14世纪开始，日本南北分裂，内战不断。一些残兵败将，联结浪人和商人，在日本西部诸侯和大寺院主的支持下，从元末明初开始，不断自海上进犯中国大陆，抢掠人口财物，史称"倭寇"。明朝政府与倭寇的战争是旷日持久的，长期以来，倭寇蹂躏着东南沿海各省，明官兵腐败无能，无法抗御。明神宗万历年间，有一回倭寇乘船入侵，登陆人数仅数十名，居然越过杭州北新关，经淳安，入安徽，进逼芜湖，绕南京至宜兴、武进，经行千里，如入无人之境。

早期的倭寇，主要是日本人，后来东南沿海的"奸民"，由于各种原因，与倭寇相表里，入海为盗，被称为"假倭"。到了后期，真倭渐少而假倭渐多，兵祸自此而日剧。倭寇不同于一般的海盗，他们有组织，有领导，其入侵目的不限于抢掠财物，往往还围攻城池，建立长期的驻地。倭寇的头目公然与当地的土豪劣绅相勾结，甚至联婚定居。倭寇多为日本下层社会的人，他们会武功，擅使双刀，有着严格的纪律。每个头目手里持着一把折扇，当与明军相接触时，头目把扇子向上一挥，所有倭众即将刀锋朝上，趁对方错愕之际，随即倒转刀锋迎头劈下。双刀长不满五尺，但使用者飞动灵活，可在一丈八尺方圆之内杀人，舞动时"上下四方尽白，不见其人"，如小说中所描写的"扇散全无影，刀来一片花"。所以，倭寇实际上是职业化的日本军人，而明朝的军队素质却很差，"兵非素练，船非专业"，是以屡战屡败。直到明世宗嘉靖三十四年（1555年），朝廷从山东调名将戚继光到浙江御倭前线，经过十年的奋战，才彻底清除两浙和闽粤的倭患。

由于肃清了倭寇，明穆宗隆庆年间，朝廷遂放宽海禁，允许对外通商，发展海外贸易。这也反映在"三言""二拍"中，如"转运汉巧遇洞庭红，波斯胡指破鼍龙壳""叠居奇程客得助，三救厄海神显灵"等篇，都是写商人在海上经商而发财的故事。

蟋蟀宰相贾似道

　　《喻世明言》卷二十二"木绵庵郑虎臣报冤"，是一篇颇为翔实的贾似道传记。小说中所写情事，大多有根有据。如班固所云："闾里小知者之所及，亦使缀而不忘，如或一言可采，此亦刍荛狂夫之议也。"尽管是街谈巷语，道听涂说之所造，然亦可使闻者足戒。试想中国几千年间，何代无昏君，何代无奸臣，祸国殃民者比比有之，历史是不嫌重复的，昏君奸臣的种种形相也大都相似。如"木绵庵"故事，使郑虎臣能报冤于一时，也可算是快意的了。

　　小说中写贾似道倚仗权势，诬陷正人，夺人妻女，投降卖国，诸多恶事，均见于正史及《齐东野语》《三朝野史》《山房随笔》《西湖游览志余》诸书，但有一事，为小说所未载，就是贾似道极喜欢斗蟋蟀。《宋史·贾似道传》载，南宋末年，元兵南侵，围攻襄阳。作为宰相的贾似道，却在西湖边的葛岭上，大起楼台亭榭，并取名"半闲堂"。取宫人及娼尼有美色者为妾，日夜淫乐其中。有一次，他跟一群侍妾蹲在地上斗蟋蟀，兴致正浓，有个"狎客"走进来笑着说："这也是军国大事吗？"贾似道既面无惭色，亦不以为忤，真是"宰相肚里好撑船"了。贾因而被人呼为"蟋蟀宰相"。

斗蟋蟀之戏，来源甚早。五代王仁裕《开元天宝遗事》已载有宫人"以小金笼捉蟋蟀"之事。宋顾文荐《负曝杂录》也说，唐天宝年间，长安城中斗蟋蟀成风，"缕象牙为笼而畜之，以万金之资付之一喙"。宋代斗蟋之戏，遍及全国，上至王公大臣，下至贩夫走卒，莫不喜之。据说大名鼎鼎的济公和尚，就酷嗜斗蟋，有只名叫"铁枪"的蟋蟀，战无不胜，死后济公竟为它立墓安葬，并作祭文以悼念。作为政治人物，贾似道是一无可取的；可是作为一位蟋蟀专家，他却作出了贡献。贾似道把一生养蟋蟀和斗蟋蟀的经验总结出来，编成一部《促织经》，详细地介绍了捕捉、收购、喂养、相斗、医治、繁殖等方法，被认为是世界上第一部研究蟋蟀的专著。贾似道也被近人称为"中国昆虫学研究的开创者之一"，这也是历史对他的嘲弄吧！

近代广东斗蟋蟀的风气尤盛，各阶层人均雅好此戏，以为赌博，竟有破家者。清光绪十三年（1887年）春，康有为居于广州花埭恒春园中，作《伍氏万松园观斗蟋蟀》诗云：

风流犹是半闲堂，

碧琐朱栏斗蟀场。

千古雌雄竟谁是？

红棉笑杀贾平章！

伍氏是粤中的豪门富户，所谓"潘、卢、伍、叶"四大族之一，以洋商起家，穷极奢华。康有为此诗，讽刺辛辣，意说那些斗蟋蟀、竞雌雄的无聊家伙们，到头来也像贾似道那样，没个好结果。伍氏后来破产衰亡，万松园也不复存在。今广州河南海幢公园中有一座名叫"猛虎回头"的太湖石，原为伍氏旧物，聊作历史的见证罢了。

禁魂张与葛朗台

　　《喻世明言》卷三十六"宋四公大闹禁魂张"，刻划了一个吝啬鬼张员外的形象，是一幅极度夸诞的漫画：

　　这员外有个毛病，要去那：

> 虱子背上抽筋，
>
> 鹭鸶腿上割股，
>
> 古佛脸上剥金，
>
> 黑豆皮上刮漆，
>
> 痰唾留着点灯，
>
> 拧松将来炒菜。

　　这个员外平日发下四条大愿：

> 一愿衣裳不破，

二愿吃食不消，

三愿拾得物事，

四愿夜梦鬼交。

是个一文不使的真苦人。他还地上拾得一文钱，把来磨做镜儿，捍做盘儿，掐做锯儿，叫声"我儿"，做个嘴儿，放入箧儿。人见他一文不使，起他一个异名，唤作"禁魂"张员外。

节俭，似乎是中国古来所称道的美德。晏子做齐国的相，食脱粟饭；公孙弘作了三公，还盖着布被。类似的记载，史不绝书。至如《宋史·王安石传》所载，安石"自奉至俭，或衣垢不浣，面垢不洗"，恐怕已有点过份了，然而安石却以此为"世多称其贤"。晋朝大臣殷仲堪，吃饭时饭颗掉在地上，竟逐粒捡起放到口中，则"是可忍孰不可忍"了。

节俭到某种程度，发生质变，便成了吝啬。唐张鷟《朝野佥载》卷一载诗人宰相韦庄的故事："韦庄颇读书，数米而炊，称薪而爨，炙少一臠而觉之。一子八岁而卒，妻敛以时服，庄剥取，以故席裹尸，殡讫，擎其席而归。其忆念也，呜咽不自胜，惟悭吝耳。"读罢令人哑然默然。广州人常说的"数住米落镬"，真有出典。至如韦庄用破席裹独生子的尸身，出殡后还把破席捧回家里，则是"匪夷所思"了。我们真怀疑这位诗人能写出如此华美的诗句：

> 鹔鹴公子樽前觉，
>
> 锦帐佳人梦里知。
>
> ——《立春》

> 金楼美人花屏开，
>
> 晨妆未罢车声催。
>
> ——《上春词》

不过，我还是相信韦庄大人的"孤寒"的。他有首《与小女》诗说："一夜娇啼缘底事？为嫌衣少缕金花。"做父亲的竟舍不得为女儿衣服上绣些金花，从琐碎的事中可见其为人了。

禁魂张的"四条大愿"是绝妙的，尤其是"四愿夜梦鬼交"，令人忍俊不禁。张员外的"毛病"，如"抽筋""割股""刮漆""点灯""炒菜"之类，都是夸张的说法，至于"古佛脸上剥金"之说，则行之有人。梁武帝、武则天之流的佞佛者，建有大批鎏金佛像，耗费黄金以百万两计。野史笔记中颇有往金佛身上刮金的记载。降及近代，西洋科学技术传入，剥金者则以化学药液抹洗金身，可谓彻底干净。据父老传云，二次大战期间，侵华日军亦有熔金佛及刮佛面金者，笔者未尝考证，姑妄信之。

《拍案惊奇》卷三十五"诉穷汉暂掌别人钱，看财奴刁买冤家主"写一个极穷的汉子贾仁，他"前生不敬天地，不孝父母，毁僧谤佛，杀生害命，抛撒净水，作贱五谷"，到了今生，本该"受冻饿而死"，但他今生能奉养父母，上天念他一点小孝，便叫他当个看财奴。先让他掘得大批银子，成了富翁，却又有一件作怪：虽有了这样大家私，生性悭吝苦克，一文也不使，半文也不用。要他一贯钞，就如挑他一条筋。别人的，恨不得劈手夺将来；若要他把与人，就心疼的了不得。所以又有人叫他做"悭贾儿"。"做财主的专一苦克算人，讨着小便宜。口里便甜如蜜，也听不得的。"冯梦龙、凌濛初生长在钱可通神的明代，对财主悭吝心理的刻划可谓入木三分了。

法国大作家巴尔扎克的名著《欧也妮·葛朗台》，写的是一位不朽的人物——拥有百万家产的箍桶匠，一个暴发户，一个吝啬鬼。他一生一世都在积累金钱，"半夜里瞧着累累的黄金，快乐得无可形容""看见那好家伙连眼睛都是黄澄澄的，染上金子的光彩"。他自私自利到极点，所有的感情都集中在吝啬的乐趣中，骨子里硬如铁石。小说中有段精彩的描述：

一看见丈夫瞪着金子的眼光，葛朗台太太便叫起来：

"上帝呀，救救我们！"

老头儿身子一纵，扑上梳妆匣，好似一头老虎扑上一个睡着的婴儿。

"什么东西？"他拿着宝匣望窗前走去。"噢，是真金！金子！"他连声叫嚷。"这么多的金子！有两斤重。啊！啊！查理把这个跟你换了美丽的金洋，是不是？为什么不早告诉我？这交易划得来，小乖乖！你真是我的女儿，我明白了。"

老葛朗台"明白"了什么？金子的价值！他永远也不会明白，为什么女儿会有一颗不是黄金铸造而是有血有肉的跃动着的心。

伯牙、子期何许人也

知音难得。千古独特无侣的人，每发出这样的浩叹。《战国策》载，侠客豫让遁逃山中，慨然而曰："嗟乎！士为知己者死，女为悦己者容。"最后不惜牺牲自己，为"知己"报仇。唐朝诗人王勃也说："海内存知己，天涯若比邻。"（《杜少府之任蜀州》诗）可知相知之不易。"人生得一知己足矣！"茫茫人世，在五十亿人当中竟说出这样的话，也实在是太悲凉了。

《警世通言》卷一"愈伯牙摔琴谢知昔"，《喻世明言》卷七"羊角哀舍命全交"，都写到伯牙和子期的故事。记载伯牙善鼓琴，钟子期善听琴，后来钟子期死，伯牙破琴绝弦，终身不复鼓琴。后世因谓知己为知音。伯牙、子期之事，屡见于古书。如《吕氏春秋·本味》《列子·汤问》《韩诗外传》《新序·杂事》《说苑·谈丛》皆有记载。可是，在《警世通言》中，伯牙成了一个"风流才子"，"姓俞名瑞，字伯牙，楚国郢都人氏，即今湖广剂州府之地也。"而子期却变成一个"头戴箬笠，身披草衣，手持尖担，腰插板斧，脚踏芒鞋"的樵夫，"姓钟名徽，字子期"。
究竟是怎么回事？

其实，史有记载，伯牙并非姓俞。汉朝高诱《吕氏春秋》注中明明白白地写着："伯，姓；牙，名，或作雅。"可知伯牙姓伯，也可以称做伯雅。伯牙只不过是一个普通的民间乐师。杨惊《荀子》注说："伯牙，古之善琴者，亦不知何代人。"《警世通言》说他在晋国"仕至上大夫之位"，并"奉晋主之命，来楚国修聘"，是全无根据之语。清人张澍《姓氏辨误》指出："小说谓钟期名徽，伯牙姓俞名瑞者，妄造耳！"俞樾亦沿其说，于《小说浮梅闲话》评《今古奇观》云："此书固小说之正宗矣，唯以伯牙为俞姓，则不可信。遍考古书，迄未有言伯牙之姓者，不得假借为'衰宗'（按，俞樾谦称自己的俞姓）正色也。"冯梦龙编辑《警世通言》时，根据明人小说《贵贱交情》写定为"俞伯牙摔琴谢知音"一篇，伯牙姓俞，亦据《贵贱交情》而来。（《贵贱交情》一文刊于明两截版《小说》《传奇》合刻本第三集下册。）

相反，钟子期却是个颇大的官儿。钟子期姓钟，名期。中间的"子"字是加上去的，表示尊称。《韩非子》说："且钟期之官，琴瑟也。"钟期曾任乐尹之职，即"相"，掌管国家礼乐之事，恐怕相当于"部长"级别，与民间传说中的樵夫相去十万八千里。不过，看来钟期先生是称职的，第一是他精通音乐，是真正内行的官员；第二是他善于发现人才，一个小小的民间琴师也被他搜罗到了。钟期死后，伯牙为之绝弦，既是"私谊"，也是"公情"，大概钟期的继任人再也不会赞叹地说"善哉鼓琴，巍巍乎如太山""善哉鼓琴，洋洋乎若江河"了吧！《韩诗外传》评论说："非独琴如此，贤者亦有之。苟非其时，则贤者将奚由得遂其功哉！"其所感亦大矣。

伯牙、子期故事的影响是深远的，它使中国几千年来牢落无侣的才人们，每念及此，便不禁潸然垂涕。宋末志士邓牧，佗傺幽忧，不能自释，故发为世外放旷之谈，以《伯牙琴》名其诗文集，盖以知音难遇故也。在古今多少诗人的集子中，都用了伯牙、子期的典故，伯牙倘使地下有知，当不再绝弦悲叹吧。"盈天地岂无知己"，知音何必求于一时一地一人呢！

重信轻生的范巨卿

冯梦龙在署名"无碍居士"的《警世通言序》中指出："野史尽真乎？曰：不必也。尽赝乎？曰：不必也。然则，去其赝而存其真乎？曰：不必也……人不必丽其事，事不必丽其人。其真者可以补金匮石室之遗，而赝者亦必有一番激扬劝诱、悲歌慷慨之意。"

读《喻世明言》卷十六"范巨卿鸡黍死生交"一文，可悟冯氏之说了。小说是所谓的"野史"的一种，既不必求其"尽真"，也不必斥其"尽赝"，更不必勉强地去赝存真。小说家应该在生活真实的基础上对题材进行艺术加工，把"真实"的东西提高到理性的高度。冯氏在他的小说中，深刻地揭示了生活的内在本质，表达了自己的审美理想。范巨卿的故事，原见于晋干宝《搜神记》卷十一，亦载于《后汉书·独行传》中，可见这是件"真实"的故事。原文很短，今录于下：

汉范式，字巨卿，山阳金乡人也，一名氾。与汝南张劭为友，劭字符伯，二人并游太学。后告归乡里，式谓元伯曰："后二年当还，将过拜尊亲，见孺子焉。"乃共克期日。后期方至，元伯具以白母，请设馔以候之。母曰："二年之别，千里结言，尔何相信之审耶？"曰："巨卿信士，必不乖违。"母曰："若然，当为尔酝酒。"至期果到。升堂拜故，尽欢而别。后元伯寝疾甚笃，同郡到（郅）君章、殷子徵晨夜省视之。元伯临终，叹曰："恨不见我死友。"子徵曰："吾与君章，尽心于子，是非死友，复欲谁求？"元伯曰："若二子者，吾生友耳：山阳范巨卿，所谓死友也。"寻而卒。式忽梦见元伯，玄冕垂缨，屣履而呼曰："巨卿，吾以某日死，当以尔时葬，永归黄泉。子未忘我，岂能相及？"式恍然觉晤，悲叹泣下，便服朋友之服，投其葬日，驰往赴之。未及到而丧已发引。既至圹，将窆，而柩不肯进。其母抚之曰："元伯，岂有望耶？"遂停柩。移时，乃见素车白马，号哭而来。其母望之曰："是必范巨卿也。"既至，叩丧言曰："行矣，元伯！死生异路，从此永辞。"会葬者千人，咸为挥涕。式因执绋而引，柩于是乃前。式遂留止冢次，为修坟树，然后乃去。

原文才四百字，写张元伯临终前思念他的好友范巨卿，死后托梦，巨卿前来奔丧。这类的情节是在旧小说中常见的，也没有什么特色。冯梦龙"范巨卿鸡黍死生交"对《搜神记》原文作了重大改写。小说写张劭上京应举，投宿旅店。时商贾范式亦在店中，害了瘟病待死。张为延医救治，两人结为兄弟。分手时范式说："来年今日，必到贤弟家中，登堂拜母，以表通家之谊。"张劭说："当设鸡黍以待，幸勿失信！"范式说："焉肯失信于贤弟耶？"至期，张劭在家宰鸡炊黍，以待范式。等到红日西沉，"劭倚门如醉如痴，风吹草木之声，莫是范来，皆自惊讶。"直到三更时份，"隐隐见黑影中一人随风而至，劭视之，乃巨卿也"。劭大喜，殷勤询问，范式"并不答话""僵立不语，但以衫袖反掩其面""于影中以手绰其气而不食"，然后对张劭说明，自己"非阳世之人，乃阴魂也"。并解释说，由于溺身商贾中，被蝇利所牵，忘其日期，直至今早方才记起，想"千里之隔，非一日可到，若不如期，贤弟以我为何物？鸡黍之约，尚自爽信，何况大事乎？"遂自刎而死，魂驾阴风，特来赴约。言讫不见。张劭大哭，立即动身前往吊丧，日夜兼程，到范式坟前，吊祭之后，说："兄为弟亡，岂能独生耶？"言讫，制佩刀自刎而死。

冯氏先把范式的"个人成分"由太学生改为商人，这是关键性的改动。范式是以"重信"的商贾形象出现的，而不是《搜神记》中那种封建性的"信士"。在情节上，冯氏写张劭奔范式丧，适与原本相反。张劭在范式坟前自刎，更加深了"死生交"的意义。把信约和友情放在非常重要的地位上，这也反映了明代节义之风。

也谈包公判案之谬

武有关公，文有包公，此二公者，平民百姓心目中之大英雄也。说到他们的知名度，不免要借用"家喻户晓、妇孺皆知"的套语，甚至连洋人也知道他们的鼎鼎大名。关公是红脸。红者，表示他是真正的血性男儿。他生得神眉凤目，虬髯，身长九尺二寸。扶持汉室，诛锄奸贼，他是"忠义"的化身。包公是黑脸。黑者，表示他是彻底的铁面无私。他生得脸如镬底，剑眉，目光明察秋毫，除暴安良，惩恶扬善，他是"青天"的象征。关、包二公是中国民间造神活动的最重要产物。

张国风博士撰写《包公原来是"法盲"》一文，略云：包公在中国，几乎就是清官的代名词。中国人用伦理道德的眼光来看包公。但是，如果我们抛开传统的目光，抛开包公那高尚的动机，而用法律的目光去审察一下他的作为，那问题可就大了：在小说中，以"执法如山"称著的包公，却原来是个不折不扣的"法盲"。他的铁面无私，是很值得赞扬的，他的所谓"法治"却是断乎学不得的。如果照此行事，则中国广大老百

姓的命运只能永远寄望于执法者是个"爱民如子"的清官，而且还非得是个料事如神、洞察一切的"天才"不可。

张博士议论发表后，立即引起颇大反响，不少读者说，用今天的法来要求古人，是不公平的。张博士反驳说，还有不少人至今认为包公之法还行得通，甚至有人照抄着办。在法制与民主尚未渗进民众的灵魂以前，包公的形象不会过时。

笔者是赞同老张的观点的。试看看"三言""二拍"中的包公故事，便可知其论不谬。《警世通言》卷十三"三现身包龙图断冤"，写的是件谋杀案。有个大孙押司在雪地里救起个后生，教他识字，学写文书。人称小孙押司。小孙恩将仇报，勾引大孙的老婆，还勒死大孙，把一块大石头扔到河里，人们只道大孙投河死了。小孙便与大孙老婆成了亲事。婢女迎儿到东岳庙烧香，神降一纸云："大女子，小女子，前人耕来后人饵。要知三更事，掇开火下水。来年二三月，句已当解此。"果然到明年二月间，包公当了知县，到任三日，便得一梦，见堂上有一联对子："要知三更事，掇开火下水。"包公命差吏写在牌中挂出县门前，说："如有能解此语者，赏银十两。"迎儿夫妻出首，拿出神降的诗句来。包公一见，呵呵大笑，马上命人捉拿小孙夫妇。然后解释说道：女之子，乃外孙，是说外郎姓孙。"前人"句，是说小孙自得大孙老婆。"火下水"

是指灶下的井。"句巳"合起来是个"包"子，是说我包某能解此语意。于是，包公到孙家发开灶脚，即见一井，便捞起大孙的尸首来，断清了冤案。小说特别标出"三现身"，即大孙的鬼魂三次出现。一次是迎儿在烧火时鬼魂现身，叫迎儿为他伸冤；第二次是在迎儿嫁给王兴后，生活贫困，鬼魂又现身赠给银子；第三次现身是给迎儿一纸，上面写有三联隐语。包青天就是在鬼魂的帮助下，凭着做梦和猜诗谜的本领来破案的。编故事的人也许想借此以说明包大人的聪明睿智，殊不知却显出老包的可笑与无能。而且小说早就把小孙跟大孙老婆私通的事儿搬出来，观众也猜到三五分，失去了悬念，侦探小说便全无味儿了。顺便说说，马幼垣先生《中国小说史集稿》有《三现身故事与清风闸》一文，称大孙是迎儿之"父"，并云："《三现身》还有一欠解之处，孙妻为迎儿生母，年纪再小也有限了，那小伙子（指小孙）怎会跟她搭上？"认为小说有"年龄上的矛盾"。其实，迎儿只是孙家的婢女。小说中写她称大孙夫妻为"爹爹""妈妈"，是婢仆对男女家主的习惯敬称。并无血统上的亲缘关系。

包公借助鬼魂报讯来破案，在后来的《龙图公案》《三侠五义》《包公案》《包公奇案》之类的书中越演越烈，于是他便得了个"日间断人，夜间断鬼"的美名（这句话本于《宋史·包拯传》："人以包拯笑比黄河清，童稚妇女，亦知其名，呼曰'包待制'。京师为之语曰：'关节不到，

有阎罗包老。'"把阎罗王与包公并列，故世人谓包公为阎罗化身）。最为人熟知的鬼魂出现故事还有"乌盆案"。屡见于《包公奇案》、元杂剧《盆儿鬼》，明传奇《断乌盆》等。有名为《新编说唱包龙图公案断歪乌盆传》的说唱词话在1967年出土于上海嘉定，一时颇引起学术界和戏曲界的震动。故事写耿大、耿二杀死杨宗富，尸体在窑内烧毁。宗富鬼魂附于乌盆，被人购得。夜半鬼魂讲述被害经过，乌盆之案便真相大白。笔者想，如果哪位官儿竟想效法包公，专作怪梦来破案，恐怕要被看成是大糊涂蛋了吧！

《拍案惊奇》卷三十三"张员外义抚螟蛉子，包龙图智赚合同文"，小说中写的是包公另一种有效的破案方式，那就是诱骗和逼供。张员外抚养了义子刘安住，安住长大后，员外把其父遗留的"合同文书"交与他，命安住带着文书去认伯父，取回家产。那知伯娘杨氏想独吞家产，竟把文书骗到手，赶走安住。安住到开封府上告，包公才听安住申诉，"心下已有几分明白"，便"假意"说安住是拐骗的，命押在狱中。又制造假证，叫狱卒报安住病死，并串通验尸的"仵作"作伪证。又诬赖杨氏殴打安住而致死，命将杨氏"下在死囚牢里，交秋后处决"。杨氏吓得连忙承认安住为亲姪儿，并缴出合同文书作证，以求减罪。包公办案，真是"能唬就唬，能哄就哄，能骗就骗"，简直到了不择手段的地步，最过火的还是"智斩鲁斋郎"的故事。鲁斋郎是皇亲国戚，作恶多

端，有皇帝在他的背后当大红伞。包公把他的名字改成"鱼齐郎"，呈报上去，皇帝判了个"斩"字，包公便在"鱼"字下加"日"，"齐"字下加"小"，把鲁斋郎铡了。真是"无法无天"，包大人能担得起这"欺君之罪"吗？

包公是下层民众以其心目中的清官形象塑造出来的人物（请读者注意，这里说的是旧小说戏曲中的包公，非正史中的包拯），如张国风兄所说的：专制社会下的百姓，看不到自己的力量，寄希望于清官与鬼神，是毫不奇怪的。现在，时代不同了，但局部的溃烂依然难免，所以包公的形象也还没有过时。只要世界上仍有以权谋私、贪赃枉法的官吏，那么包公也就还会被人记起的。

拍案未必惊奇

凌濛初把他的小说集取名《拍案惊奇》，在署名为"即空观主人"的《二刻拍案惊奇小引》中说，书编成后，"同侪过从者索阅一篇竟，必拍案曰：'奇哉所闻乎！'"我辈每读好书，至得意处，亦辄忘形拍案，可见艺术的感人力量。

拍案者，以手击桌也。表示惊奇或震怒之意。笔者欲溯其出处，遍翻《佩文韵府》《辞源》《辞海》《中文大词典》等工具书，均语焉不详或付阙如，可知"拍案惊奇"或"拍案叫绝"等语起源颇晚。

案，是古时的几桌，形制狭长，短足，常置于床上。古书中虽无"拍案"之语，但也有类似的描述。《南史·王融传》载，王融为中书郎，恨官卑职小，尝抚案叹曰："为尔寂寂，邓禹笑人。"抚案，也就是拍案，这里以示恼恨不满之意。又，《拾遗记》卷八载，潘夫人为江东绝色，得罪幽禁，吴主命人图其容貌以进，"吴主见而喜悦，以琥珀如意抚案，即折。曰：'此神女也！愁貌尚能惑人，况在欢乐。'"这里的抚案，是表示喜悦惊奇之意。

激赏的方式除了"拍案"还有"打壶"。《世说新语·豪爽》载："王处仲每酒后，辄咏：'老骥伏枥，志在千里。烈士暮年，壮心不已。'以如意打唾壶，壶口尽缺。"如意，是古时一种"爪杖"，类似今天的"不求人"，用以搔背。王敦（处仲）用如意击壶为节，可见他对曹操这首乐府诗的欣赏。

四周没有什么东西可拍可抚，最方便不过的就是拍打自己身体的某一部分了。最常见的是拍手掌，表示高兴、得意。《三国志·吴·太史慈传》注引《江表传》："（孙）策拊掌大笑，乃有兼并之志矣。"拊掌，即拍手。《三国志·魏·武帝纪》注引《曹瞒传》："公闻（荀）攸来，跣出迎之，抚掌笑曰：'子卿远来，吾事济矣！'"抚掌，即拍掌。曹操赤脚出迎荀攸，拍手大笑，其喜可知。除了拍手，还可以拍大腿。古书中写作"拊髀""抚髀"等。以手拍股，所表达的感情就复杂得多了，可表示振奋，也可表示嗟叹。《汉书·冯唐传》写道，汉武帝听到古代名将廉颇、李牧的事迹后，既兴奋又感慨，便"拊髀"说："嗟乎！吾独不得廉颇、李牧为将，岂忧匈奴哉！"又，《世说新语·赏誉》注引《汝南先贤传》载，许虔的弟弟许劭，当时没有什么名声，人们认为他不及哥哥，而"虔恒抚髀称劭，自以为不及也"。

拍手拍腿都还可以，拍胸口就不那么好懂了。现代人拍拍心口，表示自己的气概，什么事情都可以承下来。在古时写作"拊膺""抚膺"，捶打胸口，表示怅恨、慨叹，也表示哀痛、悲愤。晋张华《杂诗》："永思虑崇替，慨然独抚膺。"就有怅恨之意。《三国志·魏·袁绍传》注引《先贤行状》，写袁绍不听田丰的忠告，在官渡之战中被曹操打败，"土崩奔北，师徒略尽，军皆拊膺而泣"。这里的抚膺，就有痛愤之意了。

惊奇，最好是由人家拍案。自己拍案，自己对自己的作品叫绝叫奇，恐怕没有多大意义。凌濛初《拍案惊奇》《二刻拍案惊奇》出版后，又有书商搞了本"惊奇"，号为《三刻拍案惊奇》。其《惊奇序》云："余尝读未见书，途拍案叫□，悟古今事迹。"叫字下一字漶漫不清，当是"奇"字，然细读《三刻》全书，竟无一篇可令人"惊奇"者，唯有"拍案"叫笨而已。名不副实，不如无名。"无名万物之母"，亦老子之道也。

效颦之作

——《三刻拍案惊奇》

"三言""二拍"问世之后,既引动了书商的钱欲,也勾起缺乏创造性才能的小说家们"铅刀一割"的意愿,效颦之作纷纷出笼,如《石点头》《醉醒石》《照世杯》《豆棚闲话》《连城璧》《十二楼》《西湖二集》《五色石》《美人书》等三十余种集子,充塞着明末清初的文学市场。这些"拟话本"几乎全是蹈袭"三言""二拍"的老套,内容板滞,格调卑下,使生动活泼的话本文学走向末路。

署名"梦觉道人、西湖浪子"辑的《幻影》三十卷,是较早的拟话本小说,写成刊刻于崇祯末年。后有人利用《幻影》旧版,改题书名《三刻拍案惊奇》印行,可谓"拉大旗作虎皮"了。

1987年4月,北京大学出版社出版了"北京大学图书馆馆藏善本丛书"之一的《三刻拍案惊奇》,沉埋了三百余年的小说终于得见天日。笔者在书店见之，亟购归，竟一日夜读毕，废书而叹曰："沉者自沉，浮者自浮。继绝兴灭，殊无谓也。"《三刻》原书八卷三十回，现存二十七回。每回包括短篇小说一篇，二十七篇中，竟无几篇稍堪寓目者。可拈出第一回回目"看得伦理真"五字，以作全书总结。《三刻》校订者在"前言"中说："小说演述中真实地反映了当时——尤其是当时江苏、浙江等地的社会状况、人民生活以及地方上所发生的重大事件等。"如二十六回中有关于煎盐、买盐和"走广生意"（贩运广东货物）叙述；第二十回有贩米生意叙述；第四回有开设酒坊的叙述；这些都反映了明代后期社会经济状况的一斑；对当时地方官吏的腐朽、世风的凋敝，书中也有揭露。尽管"前言"对《三刻》作了不少肯定的评介，但也只能说明这本小说集具有一些史料的价值。

读罢《三刻》全卷，印象较深的是第二十五回"缘投波浪里，恩向小窗亲"一篇。开头写崇祯元年（1628年）七月二十三日浙江海宁县遭受台风发生水灾的情况：

> 各处狂风猛雨，省城与各府县山林被风害，坍墙坏屋，拔木扬沙，木石牌坊俱被风摆，这一摆两摆，便是山崩也跌倒，压死人畜数多。那近海更苦，申酉时分，近海的人望去海面，黑风白雨中间，一片红光闪烁，渐渐自远而近，也不知风声

水声，但听得一派似雷轰虎吼般近来。……莫说临着海，便是通海的江河浦港，也都平长丈余，竟自穿房入户，飘凳流箱，那里遮拦得住？走出去，水淹死；在家中，屋压杀；那个逃躲得过？还有遇着夜间时水来，睡梦之中，都随着水赤身露体氽去，凡是一个野港荒湾，少也有千百个尸首，弄得通海处水皆腥赤。

小说中还写到灾难当头时人们种种的表现。有个叫朱安国的乖猾家伙，就特地驾船在水里"捞氽来东西"，甚至还谋财害命，为抢夺水面浮来的财物时，把物主用篙子搠下水中淹死。这种"发灾难财"的行径可使读者联想起许多相似的事。

第三十回"窃篆心虽巧，完璧计尤神"，写县衙门子张继良，由于当上了知县老爷的男宠，便自作威福，包揽公事，贪赃受贿：

他手越滑，胆越大，人上告照呈子，他竟袖下，要钱才发。好状子他要袖下，不经承发房挂号，竟与相知。莫说一年间他起家，连这几个附着他的吏书、皂甲，也都发迹起来……一年之间，就是有千万家私的，到他手里，或是陷他徭役，或人来出首，一定拆个精光，留得性命也还是绝好事。县里都传他名做"拆屋斧头""杀人刽子"。

像这样的奸恶小人，竟得到上官的重用，被认为是"极小心，极能事"的人才。可见明末吏治的腐败。又如二十七回"为传花月道，贯讲差使书"一篇，写一个老童生，专门替人作"枪手""往来杭州代考，包覆试，三两一卷；止取一名，每篇五钱；若只要黑黑卷子，三钱一首。"那些富家子弟，"是一个字不做，已是一个秀才了"。从这也可以想见明末科举制度的状况。

书商把《幻影》挖掉中缝，改名《拍案惊奇》，颇引起早期一些研究者的困惑。日人盐谷温《中国文学概论讲话》云："还有一新的发现，且将惹起很困难的问题。说来就是在那'舶载书目'第二十五本享保十一年（清雍正四年，即1726年）所传来的书目中，有一种完全与前面不同的《拍案惊奇》。"其实，盐谷温先生的困惑是没有必要的，他只不过是忘记书商的钱欲罢了。

总的来说，《三刻拍案惊奇》中大都是宣扬封建伦理道德或因果报应的东西，艺术性也很低。跟同类的效颦之作一样，只有史料价值而没有文学价值。

冯梦龙即"老门生"？

《警世通言》卷十八"老门生三世报恩"一篇，是近代学者们公认的冯梦龙的创作。为什么作者要写这样一篇"老年登科"的小说，颇值得我们探讨。

故事写一个叫鲜于同的秀才，胸藏万卷，志气冲天。可是他年年参加考试都落空了，直到五十七岁还是一领青衿。后生嘲笑他做"先辈"，他"兀自挤在后生家队里，谈文讲艺，娓娓不倦"。哪知这年却偶然被蒯知县取中了，他便喜孜孜去赴省试，恰好又是蒯知县作房考官，又侥幸取中了。六十一岁时入京考试，蒯知县已在京为礼科给事中，参加阅卷，揭晓时又是鲜于同中了。蒯公不禁叹息连声道："真命进士，真命进士！"后来鲜于同做了大官，三报师恩，直活到九十七岁。

这个故事，有人认为它"鼓励人民顽固地追求科举功名"，露骨地为封建思想、封建礼教唱赞歌，是"倾向反动落后的作品"（缪咏禾《冯梦龙和三言》）。但也有人认为，故事是"作者对当时科举取士制度的一种讽刺"，特别是其中有段愤愤不平的议论，"相当泼辣地揭发了科举制度的不合理"，"揭露了考场黑暗腐朽和官场的矛盾斗争"（胡士莹《话本小说概论》）。其实，作者写这篇故事，完全是基于他自己的心理补偿的因素的。

冯梦龙出生在明神宗万历二年（1574年），正当明代由盛而衰之际。他的哥哥冯梦桂是位画家，弟弟梦熊是位诗人。兄弟三人在乡中名气颇大，合称"吴中三冯"。他们从小研读四书五经，参加种种考试。冯梦龙青壮年时，多次应考不中，依然壮心未灰。三十多岁时，他还到湖北麻城，讲授《春秋》，并写了《春秋衡库》《四书指月》等科场用书。天启年间，冯梦龙曾任丹徒训导。直到崇祯三年（1630年），他才当了贡生。六十一岁时被派往福建寿宁县做县官。冯梦龙曾参加韵社，年纪大了，被社友称为"同社长兄"，还经常与同社的士子揣摩八股文。从冯梦龙一生的经历中可以看到，他是非常热中于科举的。可是事与愿违，屡次败北，以他这样"才情跌宕"的文士，当然是不甘于心的。《老门生三世报恩》中的鲜于同，正是作者个人理想的化身。

小说一开头就明确揭出："大抵功名迟速，莫逃乎命。也有早成，也有晚达。早成者未必有成，晚达者未必不达。不可以年少而自恃，不可以年老而自弃。"可能在冯梦龙内心深处，是把自己归到"晚达"而

"有成"的一路去的。鲜于同五十七岁遇到蒯知县，合县生员考试时拔了一个第一，当了案首。冯梦龙恰恰也是五十七岁考取了贡生。鲜于同六十一岁时会试得了正魁，殿试考在二甲头上，得选刑部主事，冯梦龙恰恰也是六十一岁时以贡生选为寿宁知县。这真是具有讽刺意味的巧合。小说末尾再次强调："鲜于同自五十七岁登科，六十一岁登甲，历仕二十三年，腰金衣紫，锡恩三代。告老回家，又看子孙儿科第，直活到九十七岁，整整的四十年晚运。"钦羡之情，溢于言表。可惜冯梦龙此后的科名止于贡生，任官止于知县，也只活了七十三岁。晚年又遭到国家大变，明朝灭亡，清兵南侵，南明的福王、鲁王、唐王的小朝廷也相继被扑灭，冯梦龙的"晚运"就大不如鲜于同了。

明末毕魏根据小说作《三报恩》传奇，冯梦龙为之作序说："余向作《老门生》小说，政谓少不足矜，而老未可慢，为目前短算者开一眼孔。"这也可是"夫子自道"之语，冯梦龙还在小说中对那些"短算者"大肆挞伐："俺若情愿小就时，三十岁上就了，肯用力钻刺，少不得做个府佐县正，昧着心田做去，尽可荣身肥家。只是如今是个科目的世界，假如孔夫子不得科第，谁说他胸中才学？"可见冯氏之志不在"荣身肥家"，对自己的未来也充满着信心，这正是他一生悲剧的症结吧！

至于"三世报恩"，更是冯梦龙潜意识的反映。茫茫人世，竟没有一个赏识自己文才的"主司"！小说中的蒯知县像救世主似的，凭仗着上天的意旨，去荐拔沉沦在底层的读书人。冯梦龙多希望自己能遇到这样的一位恩师，即使肝脑涂地，也要报他的大恩大德。可惜的是，终冯梦龙的一生，也没有一位可"三世报恩"之人，他中年时写下这篇"老门生三世报恩"的故事，自然是可以理解的了。